王彦艳　马国兴　主编

风铃鸟系列美文读物

爱在刨花中盛开

文心出版社
·郑州·

图书在版编目（CIP）数据

爱在刨花中盛开 / 王彦艳，马国兴主编 . — 郑州 ：
文心出版社，2016. 5
ISBN 978 - 7 - 5510 - 0877 - 8

Ⅰ. ①爱… Ⅱ. ①王… ②马… Ⅲ. ①小小说 - 小说
集 - 中国 - 当代 Ⅳ. ①I247. 8

中国版本图书馆 CIP 数据核字（2016）第 055178 号

出版社：文心出版社
　　　　（地址：郑州市经五路 66 号　　　　邮政编码：450002）
发行单位：全国新华书店
承印单位：北京龙跃印务有限公司
开本：700 毫米×960 毫米　　　　1 / 16
印张：12
字数：150 千字　　　　　　　印数：1 - 5 000 册
版次：2016 年 5 月第 1 版　　　印次：2016 年 5 月第 1 次印刷

书号：ISBN 978 - 7 - 5510 - 0877 - 8　　　　定价：22.60 元

目录
Contents

爱在刨花中盛开

目
录

黄 花 梨

○楚老

在潇湘林业学院的中国家具系,刚届五十的教授柯森,是个众目所瞩的人物。

柯森生得个子高挑,身板笔直,国字脸,大背头,说一口纯正的京片子。他很讲究服饰,尤喜着西装,西装又喜白、红二色,配上适合的衬衫、领带、西裤、皮鞋,确实是风度翩翩,没有哪个地方不妥帖,充满着"唯美"的意味。这正如他讲授和研究的专项:明清家具,从材质到形制,从制作工艺到装饰效果,都可说是尽善尽美。

他所著的《中国古代家具考订》和《明清家具鉴赏》二书,奠定了他的学术地位,常印常销,上百万元的版税尽纳囊中。他的头衔很多:湘楚明清家具研究协会副会长、《中国家具》杂志高级顾问、古城明清家具收藏协会荣誉会长、博士生导师。有本事的人,也就有脾气,柯森是个很张扬的人,讲课时手舞足蹈,口若悬河;与同事相处,也是口无遮拦,从不肯仰人鼻息。好在时代不同了,没人跟他较真,更没有人揪小辫子,但别人心里会怎么想?大概总不会很舒服吧。

他的夫人也在本院,是办院刊的,朴朴实实,话不多,脸上总带着明亮的笑。她劝他应该收敛一点,老大不小了,还这么神神道道的。他手一挥:"我心坦荡,直言无忌,世人都如我,则要多许多宁和平静。"

他有个独生子，本科毕业后，去法国留学攻读"外国古典家具的设计和制造"。他很不平，说："那些劳什子，能和明清家具相比嘛，呸！"

他也有遗憾，制作明清家具的材料，紫檀木、鸡翅木、红木、楠木、榉木、铁梨木、乌木中，作为活生生的树，他大多都看过、摸过、嗅过，但花梨木至今无缘一见。因此，他总是利用寒暑假，在南方各省的崇山峻岭中寻访，自费请向导请保镖，涉险度难，乐此不疲。在这一点上，同事们对他还是很佩服的，一踏上旅途，背着大旅行包，工装工裤，全然不要了往日那些时髦的打扮，像个森林勘察队员。

这一个暑假，柯森去了湘、粤、鄂交界处的龙虎山，那儿还是没有开发的原始森林。整整去了五十天，回来后，人瘦了，脸黑了，手上脚上都缠着纱布，一双眼睛亮灼灼的，眉梢上洋溢着喜气。

有人问他发现什么了？

他一笑："没有，但那地方很好玩。"

皇天不负苦心人啊，他终于找到花梨木了，不是几棵，是一片！

至今他还记得，他和向导、保镖在那一片茫茫无际的大森林中，转了一个多月，有一天午后，翻过一道大石崖，在一片向阳的坡地上突然发现了一片花梨木树。花梨木，分黄花梨和青花梨，而眼前全是黄花梨，为豆科蝶形花亚科黄檀属植物，在广东一带又称之为"香枝"。阔叶高干，树径皆在三四十厘米以上，有一种异香氤氲。不少专家断言，黄花梨在中国大地早已绝迹，现在市场上所用的花梨木都是从越南、缅甸、老挝、柬埔寨进口的。后者是实情，前者则是谬误，这一片黄花梨不就是证据吗？他用数码相机拍照，用摄像机拍摄现场情况，然后招呼两个助手帮着丈量面积，数点单位植株。他还记录下了这片林子的方位、土质情况，以及抽查树高、树粗，推算树龄。

他们的帐篷，在这片林子里整整扎了五天。

黄花梨啊，美丽的黄花梨。

回到学院，他把这个秘密深深地埋在心里，没有对任何人说。他要撰写一篇有质量的论文，发布一个惊天动地的消息。他完全想象得到当这篇论文面世后，会让多少人瞠目结舌，会让多少人欢欣鼓舞，无异于爆炸了一颗原子弹。

到底忍不住，他把这个喜讯告诉了妻子。

妻子说："确实吗？你都考察清楚了？别出什么意外啊。"

他平静地说："错不了！学问上的事，我绝不会马虎。"

妻子这才放下心来。

两个月后，论文连同一大组照片，在《中国家具》杂志上发表了。果然不出柯森所料，海内外电话不断，同事和学生见了他格外亲切。这不是扩大了学院的知名度嘛?！院长还特意给他打电话，说那些车旅费和其他费用，都由学院报销吧。柯森说："谢谢。我不花公家的钱!"

一眨眼半年过去了，柯森接到一份大红请柬，是广东的一家著名仿古家具制造厂发来的，邀请他去参加一个"国产黄花梨仿明清家具博览会"。

国产黄花梨？他们在哪儿发现的?

他兴冲冲地去了。

在宽敞、明亮的展览大厅里，陈列着一色的黄花梨仿明清家具：圆后背交椅、兽面虎爪炕桌、罗汉床、六柱式架子床、衣架、包镶框樱木门心大四件柜、圈椅、官皮箱、翘头案、琴桌、茶几……

一个年轻的女讲解员款款地说："这些黄花梨，产自我国湘、粤、鄂交界处的龙虎山，是潇湘林业学院的柯森教授，历数年之功，寻山访水，于偶然中发现的。他所撰写的学术论文，在国内外引起了重大反

响……"柯森仿佛被雷击了一般,只觉天旋地转。他恨不得要抽自己两个耳光:我好浑啊! 正是他的这篇颇获名声的论文,引去了一些好利之徒,刀斧之下,这一片黄花梨还能存活下去吗? 罪孽呀罪孽。

他回到学院后,无端地病了好几天。

在病榻上,他想起了《庄子》中的教诲:散木者,矮小谦卑之木,方可尽其天年;而名贵、高大之木,一旦广为人知,则难逃砍伐之劫。

病好后,柯森似乎换了一个人,讲课轻言细语,与同事相处恭谦有礼,一些与教学无关的名衔——婉言辞去,连衣着也朴素起来。

他请人用毛笔写了个斗方:淡泊明志,宁静致远。托裱后,装入镜框,挂在书房的正面墙上。

在梦中,柯森常常看见那一片郁绿芬芳的黄花梨……

好嘴杨巴

○冯骥才

　　津门胜地,能人如林,此间出了两位卖茶汤的高手,把这种稀松平常的街头小吃,干得远近闻名。这二位,一位胖黑敦厚,名叫杨七;一位细白精明,人称杨八。杨七杨八,好像哥俩,其实却无亲无故,不过他俩的爹都姓杨罢了。杨八本名杨巴,由于"巴"与"八"音同,杨巴的年岁长相又比杨七小,人们便错把他当成杨七的兄弟。不过要说他俩的配合,好比左右手,又非亲兄弟可比。杨七手艺高,只管闷头制作;杨巴口才好,专管外场照应,虽然里里外外只这两人,既是老板又是伙计,闹得却比大买卖还红火。

　　杨七的手艺好,关键靠两手绝活。

　　一般茶汤是把秫米面沏好后,捏一撮芝麻洒在浮头,这样做香味只在表面,愈喝愈没味儿。杨七自有高招,他先盛半碗秫米面,便洒上一次芝麻,再盛半碗秫米面,沏好后又洒一次芝麻。这样一直喝到见了碗底都有香味。

　　他另一手绝活是,芝麻不用整粒的,而是先使铁锅炒过,再拿擀面杖压碎。压碎了,里面的香味才能出来。芝麻必得炒得焦黄不糊,不黄不香,太糊便苦;压碎的芝麻粒还得粗细正好,太粗费嚼,太细也就没嚼头了。这手活儿别人明知道也学不来。手艺人的能耐全在手上,此中道理跟写字画画差不多。

可是,手艺再高,东西再好,拿到生意场上必得靠人吹。三分活,七分说,死人说活了,破货变好货,买卖人的功夫大半在嘴上。到了需要逢场作戏、八面玲珑、看风使舵、左右逢源的时候,就更指着杨巴那张好嘴了。

那次,李鸿章来天津,地方的府县道台费尽心思,究竟拿嘛样的吃喝才能把中堂大人哄得高兴? 京城豪门,山珍海味不新鲜,新鲜的反倒是地方风味小吃,可天津卫的小吃太粗太土:熬小鱼刺多,容易卡嗓子;炸麻花梆硬,弄不好硌牙。琢磨三天,难下决断,幸亏知府大人原是地面上走街串巷的人物,嘛都吃过,便举荐出"杨家茶汤";茶汤粘软香甜,好吃无险,众官员一齐称好,这便是杨巴发迹的缘由了。

这日下晌,李中堂听过本地小曲莲花落子,饶有兴味,满心欢喜,撒泡热尿,身爽腹空,要吃点心。知府大人忙叫"杨七杨八"献上茶汤。今儿,两人自打到这世上来,头次里外全新,青裤青褂,白巾白袜,一双手拿碱面洗得像脱层皮那样干净。他俩双双将茶汤捧到李中堂面前的桌上,然后一并退后五步,垂手而立,说是听候吩咐,实是请好请赏。

李中堂正要尝尝这津门名品,手指尖将碰碗边,目光一落碗中,眉头忽地一皱,面上顿起阴云,猛然甩手"啪"地将一碗茶汤打落在地,碎瓷乱飞,茶汤泼了一地,还冒着热气儿。在场众官员吓懵了,杨七和杨巴慌忙跪下,谁也不知中堂大人为嘛犯怒?

当官的一个比一个糊涂,这就透出杨巴的明白。他眨眨眼,立时猜到中堂大人以前没喝过茶汤,不知道洒在浮头的碎芝麻是嘛东西,一准当成不小心掉上去的脏土,要不哪会有这大的火气? 可这样,难题就来了——

倘若说这是芝麻,不是脏东西,不等于骂中堂大人孤陋寡闻,没有见识吗？倘若不加解释，不又等于承认给中堂大人吃脏东西？说不说，都是要挨一顿臭揍，然后砸饭碗子。而眼下顶要紧的，是不能叫李中堂开口说那是脏东西。大人说话，不能改口。必须赶紧想辙，抢在前头说。

杨巴的脑筋飞快地一转两转三转，主意来了！只见他脑袋撞地，"咚咚咚"叩得山响，一边叫道："中堂大人息怒！小人不知道中堂大人不爱吃压碎的芝麻粒，惹恼了大人。大人不记小人过，饶了小人这次，今后一定痛改前非！"说完又是一阵响头。

李中堂这才明白，刚才茶汤上那些黄渣子不是脏东西，是碎芝麻。明白过后便想，天津卫九河下梢，人性练达，生意场上，心灵嘴巧。这卖茶汤的小子更是机敏过人，居然一眼看出自己错把芝麻当作脏土，而三两句话，既叫自己明白，又给自己面子。这聪明在眼前的府县道台中间是绝没有的，于是对杨巴心生喜欢，便说：

"不知者当无罪！虽然我不喜欢吃碎芝麻（他也顺坡下了），但你的茶汤名满津门，也该嘉奖！来人呀，赏银一百两！"

这一来，叫在场所有人摸不着头脑。茶汤不爱吃，反倒奖巨银，为嘛？傻啦？杨巴趴在地上，一个劲儿地叩头谢恩，心里头却一清二楚全明白。

自此，杨巴在天津城威名大震。那"杨家茶汤"也被人们改称做"杨巴茶汤"了。杨七反倒渐渐埋没，无人知晓。杨巴对此毫不内疚，因为自己成名靠的是自己一张好嘴，李中堂并没有喝茶汤呀！

砖 十 一

○唐丽妮

唐家的榜放了三日，无人敢揭。第四日，忽然就被扯下了。

谁吃豹子胆了？敢揽下这活？盖这么大的祠堂，别说是小小的笋村，就是整个县里，也难找第二家！

揭榜的叫莫子松，一位黑发青须的红脸汉子，目光如炬，身材瘦小。此人是笋村泥瓦匠师前头领黎放的高徒，还是个高不成低不就的主儿。

唐老爷捋捋花白胡子，走进内屋，问太太，莫子松，怎么样？

那是你们男人的事啊！太太微笑着，继续精心修剪一盆文竹。

唐老爷看了看，就出去了。

莫子松还有个条件，工地上的事他负全责，主家不能干涉。还讲为保证质量，每天每工规定砌十一块砖，十五年交工。

十五年啊！一天十一砖！还不要人管！他能盖，唐老爷也不定能应呢。难怪黎匠师过世后他总揽不到活儿！众人哗然。乡下人盖房，少则三四个月，多则三五载，谁有那么大的耐心啊。

可唐老爷应下来。

阿爸，莫师傅要求用糯米粉！太离谱了吧？一天，大儿子急匆匆进来说。

给他。

原来莫子松是要把糯米粉和到灰浆里,增加黏性。

莫子松招了几十个大小泥瓦工,也不急开工,先讲做活的规矩和工艺,他说,凡事要靠心,用心做,慢工出细活。盖房的,更得讲良心,弄不好,是给人家挖坟墓!

开工了,他每天早上六点必到工地:

先泡砖(头一日选定的十一块砖),并不是十一块同时泡,而是按顺序,哪块砖泡多长时间,他拿到手里,捏一捏,就有数了。

再选砖(选第二日要砌的砖),拿起砖,抛一抛,便知斤两,选出十一块上上好的,记上号,叠起来。曾有好事者,把他选的砖放秤上称,拿尺子量。十一块砖,块块都是同样的斤两,同样的尺寸,毫厘不差!

接着拌料,称好沙子石灰糯米粉等料,拌均匀,堆木盆内。

拌好料,不急着加水和浆,他喝酒呢。从腰上取下酒葫芦,两腿一盘,一旋风坐在料盆旁,仰起脖就灌,咕噜有声。直喝得双眼迷离,两腿发热,微醺微醉站起来。

和浆喽——嗨! 猛吼一声,吐口唾沫,搓一搓手,运足气。

灌水。搅拌。腾身一跃,跃入料盆,踩浆! 两条结实如木锤的腿你起我落,轻重有韵,踩出了锣鼓般的节奏,从凝重缓慢到轻盈舒展,如痴如醉。而脚下那盆沙子石灰混合物在一双黑瘦脚板的揉搓下,逐渐柔软如泥。

最后砌砖。砌砖前,他照例先灌一通酒,小工执砖在旁候着。两只眼睛这次却越喝越有神,忽地放出两道亮光,提身上墙,唱一句,"砖来——"双脚刚点上墙头,一砖已抛上,伸手稳接。立即抹浆,反手便扣,砖刀正括一下,反括一下。十一块砖,一气呵成,几分钟搞定。把砖刀往腰间一插,一拍手,腾身跃下。此时,盘龙庙的昏钟准时敲响。回头看那墙,青砖一片,看不到一点白灰浆,只一条条错落有致光滑细小的线,不像是砌的,倒像是画师在画板上画的。再看地上,异常干净,不落一丁点废浆,而那盆他踩熟的浆也刚好用完。

众人无不喝彩叫好!

莫子松要别人也这样做,背着砖刀四处转,眼睛火把般在墙面上照来照去。大工歪鼻二心中不服。歪鼻二在村里泥水行当算个人物,跟莫子松交情也铁。可歪鼻二没耐性,没几天便烦,就由着性子来,一骨碌砌了二三十砖。莫子松默看一阵,蓦地拔刀飞身上墙,像只燕子轻点几下,又飞身下墙,不看人,径自就走。人们好一会儿才回过神来,抬头看,那两三米高的墙上已多了十一块砖,连砖缝都看不到!跟歪鼻二那二三十砖一比,简直是十八岁的细妹子跟八十岁的老太太。歪鼻二的歪鼻子早臊得像只红辣椒,灰头灰脸爬下了架子。

唐老爷闻得莫子松征服歪鼻二之事,慢踱方步,摸摸胡子,颔首道:嗯,莫子松,十一砖,砖十一,砖王啊!

太太也听说了。太太不言语,微微一笑,跟平日一样叫人往工地送粥。太太从不去工地,可从挖地基那天起,她每天都会下厨房亲自煮一锅粥,叫人送到工地,春冬煮瘦肉皮蛋粥,夏秋煮绿豆粥。可不管是皮蛋粥还是绿豆粥,砖十一好像都喜欢,三大海碗,一气喝个精光。

日月如梭,光阴似箭,一晃就十余年。

唐家祠堂有条有理地按规划施工,十五年后如期完成!站对面盘龙山顶望下来,一座青砖黑瓦攀龙附凤的巍巍大宅,在蓝天白云之下如一只威武的青皮虎,半卧在狮虎山下。

可是,在竣工的爆竹点燃之后,却不见了匠师砖十一。唐老爷命人去找。

家人回来报,砖十一上了盘龙山……

唐老爷摆摆手,阻止了家人,望望对面山,起伏如卧龙的山峰上,苍翠的松林中,隐约露出盘龙庙的一角。

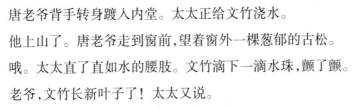

唐老爷背手转身蹀入内堂。太太正给文竹浇水。

他上山了。唐老爷走到窗前,望着窗外一棵葱郁的古松。

哦。太太直了直如水的腰肢。文竹滴下一滴水珠,颤了颤。

老爷,文竹长新叶子了! 太太又说。

咚——咚——盘龙山上传来一阵钟声,悠扬绵长。

后世人在唐老爷手撰的《唐家祠堂总序》里,看到有记载,祠堂始建于嘉庆二十年,历时十五年,建造者乃箩村名匠莫子松。

爱在刨花中盛开

○袁省梅

阳光透过桐树叶在他的脸上闪烁,碎碎的,亮亮的。他推着刨子,哧,哧。刨花在刨子口上开出一朵,刚刚滚落在地,旋即,又开出一朵……一会儿工夫,他的脚下就开满了淡黄乳白的花儿,木香雾般在土院子缭绕开来。一年又一年,他和那些刨花穿越时空,行走在我的梦里。

他,就是我曾经爱过的那个人。

他是巷里的木匠。那时,我六岁,他多大呢？二十五？三十？在六岁孩子的眼里,这些,跟爱有什么关系呢？

那年,父亲请他来给大哥打结婚用的家具。父亲说,民子是个好木匠,十里八村都数得上,心细,手高,活儿做得好,结实。

父亲说完这话没有几天,他就骑着一辆破旧的自行车来到我家,从车子上卸下刨子锯子斧头墨斗一大堆的工具,架起木头开始干活了。

他果然如父亲说的是个好木匠,甚至是,好得有点过了。做好了柜子桌子,还要给柜子桌子做个"裙子"(家具下边的檐子)。父亲说,这要花不少工吧,我们可出不起,小门小户的,有个家具就不错了。他说不要钱。他告诉父亲正好这段时间他手里没揽下活儿。可我们都知道，前巷的正午叔早都到我家跑了好几次，催问我家的活儿啥时候完，他也要打几件家具。民子说，不刻上个花儿，可惜了那么好的木料。原来，他是看中了我家檐下的几截梨木。他说，梨木木质硬、细，刻花好。

父亲说你要不多收钱，就随你。

那些天，我一天也没出去玩过。蹲在刨花中，看他把一截一截的灰不溜秋、呆头呆脑的木头截成板子，严丝合缝地做成桌子柜子，我就傻眼了。我觉得他真是太伟大太神奇了。隔了三十多年的光阴，我依然记得他国王般行走在一堆的刨花中，所向披靡，出神入化，经他手放下的木头"哗"地一下，芳香了，新鲜了。当那些梨木在他的手上出现了花儿鸟儿时，我甚至觉得那些花儿鸟儿不是他一刀一凿刻出的，是木头里本来就有的，等着他去唤醒，去滋润。那些花儿鸟儿，那些葡萄石榴，盛开着，生长着，也饱满，也生动。那些小人人儿，跑着，笑着，飞着媚眼，风情万种，抬手之间，衣袂流动，说不出的缠绵、亲爱和性感。我的心，莫名地欢腾了，好像是，那些俗世的欢喜开在了我的心上眼里了。

我看着他，心说，长大了我要嫁给他。

以前，我想嫁给大义哥。大义哥是油匠。谁家盖了新房打了新家具，都要请大义哥来画炕围子油漆家具。后来，我又想嫁给集上那个吹糖人的老头。现在，我决定嫁给木匠民子。

民子雕刻完那些木头后，果然没有向父亲要钱。交了活，父亲付给他工钱后的那个中午，母亲做了臊子面炸了油饼招待他。我坐在风箱边，听他跟父亲说一会儿要去正午家的话，拉着风箱的手就没有了一丝的力气，忧伤浪涛般呼啸着袭击了我。我扔下风箱，跑回屋子，趴在炕上，呜呜地哭了起来。

只是，我无法阻挡他来到我的梦里。不知道什么时候，年轻的他和那些刨花桌子柜子雕花,就会轻轻地在我的梦里行走,盛开……寂寞又繁华,美好又生动。

后来,也曾听到过他的一些消息,说他的木匠活儿早不干了,没人做家具了。他改做瓦匠了。万丈红尘,喧嚣聒噪从不缺失一分,而那些民间手艺有多少如藤蔓上开出的花儿一般悄悄地凋零在岁月的尘埃中了呢? 想起六岁那年对他的痴迷和心里荡起的涟漪,觉得可笑和好玩的同时,也有些许的落寞和伤感。我想,当时的我也许并没有爱上他这个人,更多的,是爱上了他的手艺,爱上了那些刨花儿和深而长的木香。它们,跟大义哥油漆的画儿、吹糖人老头插在秫秸上的糖人儿一样,都是那么美。在这个追风追月的岁月,人们爱得从容或惶惑,欢喜或悲伤,可都还在爱,都还在努力地向着爱的美妙处奔去。爱是人类最美好的情感,是生命的支柱和梦想。有爱的人,是温暖的。有爱的世界,是美好的。

六岁过去了,就是七岁。七岁时,家里人给我定下了娃娃亲,小女婿后来成了我的先生。他不是木匠,不是油匠,也不会吹糖人。

弹花匠李佛

○金意峰

　　每年春节回老家白浦，我都会去看望李佛。说得确切点，是去看那间泥屋。

　　那间屋子早些年是李佛弹花用的一个作坊。早已落了锁。木质的门上浮着莹莹的绿苔。

　　弹棉花是白浦镇上一个古老的行当。李佛就是一个弹花匠。

　　你打听一下，镇上的老辈人准会感慨地对你说，龙生龙，凤生凤，弹花匠的儿子就该是弹花的命。

　　众所周知，李佛的爹是白浦著名的弹花匠。

　　可不知为什么，我始终对这种说法心存疑窦。印象中，李佛对弹花这门手艺可是一点都不感兴趣，甚至极其厌恶。至今我还记得李佛皱着眉一脸不屑的神情。他说，有什么好看的，不就像个木头人一样"嘭嘭嘭"乱弹吗？李佛的话曾懈怠了我去瞧个稀奇的念头。

　　李佛喜欢的是弹吉他。

　　那是少年时代的事了。

　　我爱上吉他弹唱就是受了李佛的影响。那时，我俩都在白浦镇中读书，彼此意气相投。李佛有一把吉他，旧的，黄褐色，是他已故的舅舅送给他的。李佛视若珍宝。每个星期天，我们都会跑到郊野练习弹唱。就那么坐在草地上，面对着一条小河，漫不经心地弹唱姜育恒的《驿动的心》或者许巍的《执着》。

李佛比我有音乐天赋，懂乐理，又非常痴迷。他也很自负，一天他边擦吉他边告诉我他将来一定要报考音乐学院。他说他总有一天会有一把正宗的韩国产的 Epiphone 吉他。我注意到，他的眼里有火花一样的东西溅出来。

可是，李佛的梦想还没开始，中途就夭亡了。

那天，我和李佛正在小河边忘情地弹唱，一个中年男人伸着两只手走过来。男人的背有点驼，额头有一缕一缕的皱纹，头发上还粘着鹅毛般的几片棉花，走路时，那几片棉花一颤一颤的。他走到李佛身边，突然一个巴掌扇了过去。李佛一个趔趄，才算站住，他就那么一言不发捂着脸瞪着男人。那男人咳嗽起来，一咳嗽，本来直起来的腰又弯了下去。我忘了那天那男人说了什么，记忆中就是那一阵咳嗽：咳咳咳，咳咳咳，咳咳咳咳咳……

后来我才知道，那男人就是李佛的父亲，白浦镇著名的弹花匠。

看起来李佛很惧怕他父亲。他后来一直没有再来找我。

是我忍不住在学校走廊上截住他的。我说，李佛，你怎么回事？是不是忘了从前说过的话？李佛迟疑了一下说，没忘。想了想，又说，你替我保管一样东西，好吗？我刚要问什么东西。李佛已一头窜进了教室，随后就把那把旧吉他抱了出来。李佛说，你把它放在你家里。

以后的星期天，李佛偶尔会来我家一起弹唱。但每次都走得很匆忙。我母亲让他别急，他就笑笑，照旧迅疾地走。

他父亲终于找上门来了。一见我母亲就说，大姐，李佛是在你家吧？我母亲隐隐有了不祥的感觉。她说，大兄弟，有话你好好说，李佛是个孩子。他父亲就一个劲地点头。可是，一见到李佛，又抢起了巴掌，或许是想到这里不是他的家，才把巴掌放下去了，只是吼，你个败家子,跟我回去。我母亲说,就让他多待一会儿,小孩子就喜欢闹着玩。他父亲委屈地说,不是我不通情理,实在是我们手艺人家,糊口饭不容易,这么大了,该出点力,哪能光想着玩?我母亲的脸也难看了,说,弹弹吉他唱唱歌,也是蛮好的。他父亲冷笑一声说,再好,也不能当饭吃。那天李佛父亲一脸的轻蔑使我不禁打了个寒噤。

我决定去看李佛。其实是去看李佛家的那个作坊。

我第一次推开了那扇门。

屋子只有十多个平方米,虽然光线暗淡,我还是看见角落头堆着轧好的棉花。李佛的父亲戴着口罩,背着棉弩,挂着棉秆,手拿棉棰正在弹棉被,浑身汗水淋漓,漫天的飞絮包围着他。而李佛面无表情地坐在板凳上给弹弓绷弦,拨一下,再调一调。

我到底还是没有勇气进去。我知道,我和李佛之间从此隔了一扇门的距离。

那把吉他就一直放在我家。

李佛的父亲后来死于肺癌。

那一天,巷子里传来一阵悲凉的唢呐声。我站在门口张望,看见一队披麻戴孝的人摇晃着走来。最前头的竟然是李佛。一身素服的他手里捧着一个相框。相框里的人很年轻,一点都不像他父亲。

翌日,我把那把吉他还给了李佛。谁知李佛接过吉他,突然举起来,狠狠砸向地面。

李佛后来成了白浦镇的弹花匠。

我考入了一所音乐学院,拥有了李佛梦寐以求的一把韩国产的Epiphone吉他。

有一年春节回白浦老家,我去看望李佛。李佛刚从屋里出来,汗津津的脸上粘着棉花屑。他长得跟他父亲神似,脸也是黑瘦的,皱纹爬在额头,一绺一绺的……看见我,眼里的火花亮了一下,又灭了。那次,李佛给我演示了弹花的过程:拆絮、梳花、弹花,到压板、铺线、成型……李佛还跟我算了一笔账:如果弹五斤重的棉被,棉花成本要五十元左右,加工费十三元一床,刨去成本,一条棉被只能赚十来块钱,生意也清淡,毕竟是老手艺,比不得机器……自始至终,李佛没有问我的情况。

也就是从这一年开始、我再没遇见李佛了。那间小屋落了锁。谁也不知道他去了哪里。

直到今天。

鱼　拓

○杨海林

冷寒擅鱼拓。

现在的人做鱼拓,一般都喜欢用丙烯颜料,只要略懂一点调色的技巧,把颜料刷到鱼体上,再用皮纸轻轻地摁几下,做一张自己和别人都满意的鱼拓是很简单的。

冷寒却不取这样的巧,他用的是老式的拓法:将鱼洗去黏液固定,然后覆上生宣,用拓包蘸浓墨一点一点地拓出来。

因为鱼体有弹性而肌理又浅,宣纸在那样的状态下很容易破裂,所以传统方法做的鱼拓都是"蝉翼拓"。

浅浅的墨痕,像歉收年成摊在地上晾晒的稻谷,一不小心就会被偷嘴的麻雀啄食尽净。

而冷寒用的是响拓法,反反复复,直到墨色黑亮如漆,而纸不破不裂。

鱼形虽然粗拙,却拙得有趣,暗藏大巧。

这最多算是把手艺的门槛做精了,冷寒,人家把鱼拓当作艺术呢。

他认为鱼拓的艺术性体现在鱼眼上。

鱼眼很软,是拓不出来的,一般会留下空白,得用笔补上去,只是一个圆点。

可冷寒的技术也就体现在这个圆点上,好像也就那么轻轻一笔,那鱼拓呼啦啦一下子就活了,有了表情,喜怒哀乐悲愁惊。

把个鱼拓做到这地步,也算是前无古人了。

冷寒做鱼拓只是业余爱好,他在市群艺馆上班,写淮海戏。剧本写了不少,上演的不多,能获奖的更少。

是个不得志的人。

他的办公楼对着的就是一个水产市场,累了的时候,就会去转转。

卖水产的跟他很熟,有了看中的鱼,他就会拎回来,拓完了再还给人家。

前后不超过半小时。

有时钓鱼协会的人也找他,那都是钓着了值得炫耀的鱼,想拓下来做个纪念。

一般,冷寒是不愿意给钓鱼协会的人做鱼拓的。

似乎也没原因,人嘛,一旦哪一方面有了专长,就多多少少有一点怪癖。

这是可以理解的。

钓鱼协会里能请得动冷寒做鱼拓的,只有吴向明。

四十多岁的李逵式的人物,平时的营生就是在巷口摆摊卖卤菜。

冷寒,喜欢吃他卤的猪头。

内心里,吴向明不喜欢冷寒的做派——就算你是门艺术,可藏着掖着总不是个好事,就像他的卤猪头,不给别人吃,人家能知道个好?

心里有了这样的想法,有一回,他提了钓鱼协会别人的鱼上门,请冷寒做鱼拓。

冷寒不知道,果然拓出来了。

一开始是跟这个朋友说好了的:帮忙的事天知地知,这张鱼拓决不能给第三个人看到。

可还是有第三个人知道了。吴向明很奇怪,请他向冷寒讨鱼拓的这个朋友跟他一起玩了几十年,他知道人家会恪守诺言的。

自己也不曾说出去呀。

管他呢,吴向明提着第二个朋友的鱼去请冷寒做鱼拓了。

拓得很精心,鱼眼补得仍然传神。

接下来,就刹不住了,很多人提着鱼上门了。

吴向明呢,只好硬着头皮提着鱼再上冷寒的门。

有时是碍于多少年的友情,有时呢,是碍于得了人家的好处。

冷寒呢不说话,吴向明给一条鱼他就拓一张,描一只鱼眼。

有时候吴向明心里过意不去,就找话跟冷寒搭讪:好像,您两个星期没去我摊子上买猪头肉了。

嗯。

想吃了您言语一声。

吴向明拿出个破手机,给家里的老婆打电话,让她切两斤上好的猪头肉送过来。

老婆一个人看着摊子呢,哪里走得脱?

吴向明就在电话里骂。

冷寒面部动了一下,很小声地笑:要是想吃了,我自己会去你的摊子上买的。可是现在我不能吃油腻的东西了。我生病啦。

冷寒说这话时只是想找个借口,吴向明也只是以为是冷寒找的借口。

可是吴向明再去找冷寒做鱼拓时,听说他真的生病了。

去医院看了三回,冷寒竟死了。

冷寒死的那天,吴向明给钓鱼协会的好多朋友打电话,让他们取出冷寒做的鱼拓。也算是用这种方式纪念他吧。

墨色仍然黑亮如漆,墨痕仍然古拙粗简,可是那一笔传神的鱼眼却没了。

　　吴向明给那些得过鱼拓的人打电话,他们得到的鱼拓上,鱼眼都没有了!

　　吴向明愣了愣,来到冷寒的灵枢前,深深地弯下腰。

坯　王

○周剑虹

　　大柱是远近闻名的坯王。

　　相思古镇上的人家盖房都会争着相请大柱,大柱脱的坯坚硬结实与众不同。别处盖房用青石砌根基,半人高时才摞坯垒墙。可用了大柱脱的坯,那些石料就省了,大柱的坯坚固得可与石料媲美。

　　镇东头花戏楼隔壁卖膏药的瘸子老三不屑地说,土坯是土坯,青石是青石,没听说过土坯能和青石一样结实。老三走起来总嫌路不平,一脚深一脚浅地来到大柱干活的地方,龇牙咧嘴憋了半晌劲儿也没搬起一块坯来。大柱见状一笑,取过一块坯,高高地举过头顶,使劲一摔,硬土地面上便被砸出个大坑。再看那坯,完完整整,还不带掉皮裂缝。瘸子老三的眼睛瞪成了牛铃铛,只顾竖起大拇指比画,半天说不出话来。

　　瘸子老三回过神后就把大柱叫成坯王了。坯王不是白叫的,坯王自有过人之处。大柱身高八尺,相貌堂堂,稳稳当当往那儿一站,就是托塔李天王,两个拳头赛油锤,脱坯不用杵子。大柱的坯模整整比普通坯模大一倍,一下能装八块坯,充满湿土坯后有七八十斤。别人脱坯图省事就地取土,大柱总是不厌其烦地起五更到离镇子八里远的李家坡起土,说那儿的土质黏度大且细腻。最为当紧的一道工序是和泥,放水浸泡,反复踩踏,直把那土捣鼓得像麦子粉一样的暄腾筋道才肯动手脱坯。

大柱将醒好的泥奋力摔打堆在一起,脱坯时,双手抱一捧泥,至模具前再忽地分开,左右开弓,把泥摔进坯模中,两只胳臂忽高忽低,上下翻飞,大拳头腾腾腾砸上九下,扎个马步,端起湿坯,往地下轻轻一磕,八块坯分两行就晾那儿了。

清晨的太阳温柔到极致,即便是不眨眼地看它也不会刺伤眼睛。大柱扛着脱坯用的家伙什出现在杏儿家时,杏儿正站在窗户边那棵桃树下梳头,浓密的乌发瀑布般泻下,头顶上桃花夭夭,蜂飞蝶舞。阳光毫不吝啬地透过满树繁花,把杏儿的长发染成了七彩锦缎。大柱一阵眩晕,揉揉眼,定定神,才看清是个花一般的闺女。

杏儿这两条油光水滑的大辫子不晓得让多少人惊羡。辫子长及腿弯处,乌黑发亮。一整天,大柱只闷头脱坯,衣裳甩在柴草堆上,贴身的那件白夏布褂被汗溻得精湿。大柱不敢再看杏儿,他的眼睛让这个长发妹结结实实地给弄伤了。杏儿来续过几次茶水。每次,大柱听见杏儿细碎的脚步声,心里就像揣了一百只兔子狂跳不停。杏儿把辫子从胸前甩向身后时,辫梢扫着了大柱的胳臂,大柱一激灵,像过了电。

杏儿说,大柱哥,看你脱坯就像听张天辈说书,你手里也拿着月牙板呢。大柱手没停,脸红得像刚飞到矮墙头上那只小公鸡的冠。

坯王大柱在杏儿家脱坯,起早贪黑,一连干了半个月。杏儿她爹捋着山羊胡子,高兴地围着坯垛子转来转去,连声叫好。杏儿说,爹,是坯好,还是坯王大柱哥好? 都好,都好。杏儿她爹一手拍着坯,一手端个红泥小壶朝嘴里倒水。杏儿说,那爹就把他招过来让他给咱家脱一辈子坯。杏儿她爹被茶水呛住了,咳了好大一阵子。

杏儿她爹总想把杏儿嫁个殷实人家。坯王虽说有门好手艺,可一

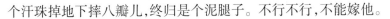

个汗珠掉地下摔八瓣儿,终归是个泥腿子。不行不行,不能嫁他。

癞子老三家有个儿子在城里开店专卖膏药,据说生意好得不得了。前些日子回来进药,在河边碰见杏儿,回来就央请他爹上门提亲,说:我进城那年杏儿还是个黄毛丫头,咋一转脸就出落成个天仙了?那长辫子,我的天哪,迷死人啦。

杏儿她爹看着癞子老三家送来的聘礼,高兴得在屋子里待不住,一会儿工夫,端着个茶壶在镇子上走了八个来回。杏儿恼了,说要嫁你嫁,我就看上大柱哥了!杏儿她娘走得早,杏儿还有个哥哥,脑子不太灵光,就指望着杏儿的彩礼给傻哥哥娶媳妇呢。杏儿她爹比葫芦说瓢,声泪俱下,好话说了一河滩,总算稳住了杏儿。

坏王自从认识杏儿,心里再也搁不下旁人了。坏王想,有了杏儿,这辈子算没白活。等忙过这阵子,就央人到杏儿家提亲,把娘留下的那支凤头金钗送给杏儿做聘礼。

这天夜里,坏王大柱静静地躺在炕上,两手交叉枕在脑后,想着杏儿要是把辫子盘成发髻,再插上金钗和红绒花该是什么模样。忽听一阵急促的敲门声,大柱忙起身开门,杏儿跌跌撞撞地进来,抱住大柱就哭。坏王慌乱不堪。

上弦月,像美人盈盈含笑的嘴角。今夜,因了这弯月,星空没心没肺地乐成了一朵花,它对杏儿大柱的愁苦浑然不觉……杏儿离去时,把两条乌黑的发辫齐根铰下留给了坏王。

一所崭新的土坯房远离镇子,孤零零地立在南岸的柳树下,大柱从此不再帮人脱坯,整日待在坯屋里。有人在夜间见过他,一副失魂落魄的模样。问他,也不搭话,只痴痴地望着远处。那里,有璀璨撩人的光,是城的灯,杏儿住那儿。

来年八月,一场突如其来的洪水冲塌了不少房屋,可相思古镇南岸那座土坯房却完好无损。据说,大柱在脱坯时,把杏儿的青丝秀发剪碎搅和在土中,每一块土坯都散发着杏儿的气息。

如今,坯屋尚在,坯王不知去向⋯⋯

东坛井的陈皮匠

○何晓

一个地方只要历史长了,就会产生些离奇的故事。

这样的地方如果历经了古代的繁华、近代的落寞和现代的闭塞,它的离奇故事便会延续下来。

古城就是这样一个地方。当你花费了比去欧洲还要多的时间,从大城市曲里拐弯地来到这里时,疲惫的身心会猛然因眼前远离现代文明的古奥而震颤:唐宋格局、明清街院,这化石一样的小城里,似乎每一块光滑的青石板上,都有一双莲花一样的小脚在轻歌曼舞;似乎每一扇刻着秦琼尉迟恭的老木门后面,都有一个传承了五千年的大家族在繁衍生息……而每一个迎面过来的人,他穿得越是普通,你越是不敢小瞧他,因为他的身上自然地洋溢着只有在这样的古城里生长的人才有的恬静和自信,哪怕他只是一个绱鞋掌钉的小皮匠。

沿袭着"食不过午"老规矩的,似乎只有传统小吃。但古城里曾经严格遵守另一种做生意"时不过午"老规矩的,却还有一个人,那就是东坛井的陈皮匠。

东坛井是一条老街,街头有一口叫东坛井的千年老井。老井现在是文物,周围砌了台子,被重点保护了。陈皮匠的家就是陈家大院子,在老井东边,沿街的铺面不过三十多平方米,被皮匠娘子拿来开了一家丝织作坊,专门手工制作丝织被褥。作坊的后面,有两套天井一个后花园和一栋小巧的绣楼。前面的一套天井他们老两口住,后面一套天井是皮匠的藏书室。后花园里的绣楼是皮匠女儿的,虽说她自从去上大学以后,二十多年了,也就只是每年春节才回来,可皮匠还是原样留着,开始留着等女儿,后来又留着等外孙女。陈家大院子的正门在与街面丁对着的巷子里,除了家人进出,平时总关着。隔了街道,皮匠的摊子在老井西面的醋吧街沿上。醋吧是去年才新开张的,以前是家羊杂面馆,再以前是个日杂店……皮匠从十九岁开始就在那里摆摊,中间被国家安排去皮革厂工作了近三十年,退休后又回到了老地方,继续做他的皮匠。没人说他不能在那里摆摊,他是这条街上最正宗的土著。

皮匠的手艺好,补的鞋既巴适又牢实。了解他的人都说:可惜哟,一个老高中生,灵巧得能绣花,随便做啥也能成气候嘛,去当皮匠。皮匠才不这样想,他悠闲自在地守在摊子上,不管生意好坏,中午十二点都要准时收摊。他上午挣了多少钱,下午就要买多少钱的书。古城收售旧书和收藏旧书的人,都认得他,晓得他在意哪一类书,只要看到他来了,立马抱一摞出来任他选。钱不够,也没关系,第二天拿来就是了。古城的人都爱老书,或者自己读,或者倒来倒去当古董卖,大家倒也不觉得他这样做有啥不好。

晚上,皮匠一般都待在他的藏书室里。至于他在里面干些啥,皮匠娘子从不过问。要休息的时候,只是在外面喊:老汉,等你哈。皮匠听了,先咳嗽一声,然后才出来。

皮匠的生活一直都像这样,很平静。古城其他人的生活也很平静——直到上个月皮匠的女儿回来。

女儿是在上飞机的时候才打电话说要回来的。皮匠娘子算了一算,下飞机后还要坐三个多小时的汽车,拢屋该是晚上了。果然,黄昏

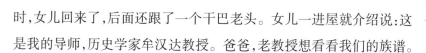

时,女儿回来了,后面还跟了一个干巴老头。女儿一进屋就介绍说:这是我的导师,历史学家牟汉达教授。爸爸,老教授想看看我们的族谱。

皮匠一听来人是历史专家,心里就已经有数了。第二天,皮匠和女儿陪着教授在收藏室里整整待了六个小时。这六个小时里,从《东轩笔录》、《渑水燕谈录》、《能改斋漫录》、《湘山野录》、《续〈资治通鉴〉长编》、《宋人轶事汇编》、《宋史选举志》到《南充史志》、《保宁府志》、《将相堂记》、《重修三陈书院记》、《陈氏家谱序》……教授一直翻书,皮匠女儿一直在拍照,皮匠一直在回答教授的提问。

终于从藏书室里出来时,教授说:你已经有了我想有的一切。

皮匠回应说:我这一辈子,就等这一天哩。

二十天之后,一篇学术论文震惊了整个历史学界:《南宋三陈故里之重考》。而同时被震惊的还有古城的官员、文人和实业家:那么著名的历史人物原来是古城人啊!于是,古城迅速掀起了一股宣传、发现、挖掘的热浪,无限的商机突然摆在了眼前,安静的古城人一下子变得疯狂了!一批又一批的游客被导游带来参观陈家大院,一批又一批的说客拥来劝皮匠合伙开发陈家大院……皮匠想:这东坛井陈家大院的大门,怕是再也关不上了。

收倒女儿寄回的报纸、杂志,皮匠认认真真地把老教授的论文和与论文相关的评论文章,读了一遍又一遍。然后他歇了十多天业,把家里的藏书整理出来,重新造册,一一核对之后,全部寄给了牟汉达教授。

从此,陈皮匠和古城的其他皮匠一样,下午也要补鞋了。

风 筝 劫

○青铜

　　桥镇北郊,是一块荒地,生着一人高的红麻和黄蒿,一座柴门疏篱的小院把炊烟高举在风中。炊烟之上,是云朵和鸟;是大大小小的风筝,随风飘摇。

　　这些风筝,有时是轻孺的软翅,有时是硬朗的板子,有时又是姿态曼妙的串子。春天风软,蜜蜂与蝴蝶争艳,沙燕与仙鹤竞翔,天空便是它们的花丛;夏天风硬,鹊桥会、梁山一百单八将纷纷亮相、天空便是他们的情场和战场;秋天,风烈起来,百尺长的飞天蜈蚣才能舒展筋骨,一飞冲天;只有冬天,风猛,钢筋竹骨的双鲤鱼才能腾空直上,悠游在云朵之间。各式风筝,带着不同的哨子:鹞鞭、竹哨、响弓,音色清润,高低不同,似飘飘仙乐从天空缓缓降临。

　　每每听到风中传来悠扬的哨声,桥镇人就知道,风筝王又在放风筝了。

　　此时,风筝王已回到小院,坐在一只蒲团上,扎风筝。他腿上蒙着块破围裙,用薄而利的蔑刀,劈出极薄的竹青,再上火炙烤,细察那火色,由红转绿,由绿转青。就是这些普通的竹子,在风筝王手里神奇地弯曲着、变化着,逐渐成形,之后是画样、上色、涂绘勾描。做这一切的时候,风筝王总是眯着细长的眼睛,尾指微微翘着,像个绣花的女人。

他时而抬头望一眼那只翔舞的沙燕,眼神就飘摇得不知去向。

那年,风筝王借一出"风筝会"赢得珠儿芳心,乘着一场大风,用一面双鲤鱼板子风筝将珠儿从绣楼上"偷"出。那真是一次奇妙的旅程,他和他的珠儿,乘着风筝,驾驭着呼啸的海风,仿佛一对神仙眷侣。他忍不住就放开喉咙,唱起了家乡小调:

"南风呀没有北风呀凉,荷花呀没有桂花儿香,燕子呀垒窝嘛在高楼,梧桐呀树上落呀嘛落凤凰。乖姐呀爱的是咱有情郎……"

珠儿本来还两眼泪汪汪,一听这唱词儿就破涕为笑了。

风筝王携妻回到桥镇,他爹已然逝去,盐铺子无人打理,早已关门,家业荡然无存。风筝王夫妻二人却安贫乐道,自己打坯,在桥镇北头的野地里盖了座小院,开荒种粮,闲来便研究风筝,扎、糊、绘、染……

沉浸在回忆中,风筝王衰老的脸上漾起一丝波纹。他的目光追随着空中那只翻飞的沙燕,一低头,就落在篱笆外一座绿草萋萋的坟茔上。桥镇人不识风筝之趣,这些风筝,本就是给她一个人看的。

风筝王夫妇扎制的风筝,集南鹞北鸢之大成,常有人慕名前来,以百金求购。风筝王夫妻却从来不卖,只是自己赏玩。这样的日子倒也清静,一晃就是十载。

那一年,史灌河一夜之间突然见了底。河漏了!不出一月,光州大旱,禾苗可燃。当年秋,桥镇颗粒无收,未入冬,炊烟已绝。风筝王家的米囤也早已空了。此时,光州城大富商马五爷派管家过来,开出一石白米换一只纸鸢的价码。

风筝王断然拒绝。

管家抛下一句话:人都要死了,还守着那些花纸头做啥子?!

转眼进了腊月。桥镇已是饿殍遍野,珠儿也饿倒在榻上。风筝王一夜未眠,清晨,从壁间取下一只风筝,出门去了。

风筝王前脚刚迈出房门,就听到珠儿说,都拿去吧,多换些白米,给他们……

珠儿说的"他们",是指桥镇的那些同样等米下锅的灾民。风筝王一怔,泪就涌出了眼角。

风筝王回来时已是黄昏,身后跟着一溜儿马车,驮着沉甸甸的麻袋。马车后跟着马五爷和一帮持刀护粮的家丁。

风筝王强撑着瘦骨嶙峋的身子,从堂屋、厢房到回廊的墙壁上、箱笼里,将那些大大小小的风筝一一摘下、取出,有人物风筝"判官"、"钟馗"、"包公"、"寿星";有故事风筝"禹工锁蛟"、"刘侮戏金蟾"、"吹箫引凤"、"天女散花";有花鸟、鱼虫、瑞兽、祥禽……大到十数丈长的白龙风筝,小到半寸见方的蝴蝶风筝,花样繁多,各有不同。

大米已经卸下,风筝已装上马车,马五爷忽又回身,目光直愣愣地盯着房梁上架着的那只巨大的双鲤鱼板子风筝。

风筝王摇头。

马五爷从袖中摸出六根金条,当啷一声掷在桌上。

风筝王摇头。

马五爷冷哼一声,拂袖而去。临出门,又回望一眼双鲤鱼,眼睛如同猫眼一样闪光。

马五爷并没兑现起初的价码,三百只风筝,只换来三千斤白米和五千斤杂粮。当晚,这些粮食就进了桥镇几百户人家的锅里,三个月未见炊烟的桥镇又有了一丝儿烟火气息。

风筝王跌坐在小院中,耳边仍是车轮哑哑而去的声音,那些飘然远去的风筝,仿佛已将他身体内的力气一丝丝抽尽。风筝王并没想到,正是那只他执意留下的双鲤鱼,惹来了一场祸端。

半月后的一个夜晚,一伙蒙面人闯进门来,抢夺双鲤鱼。珠儿奋力阻拦,被一刀砍翻。风筝王情急之下,将双鲤鱼撕得支离破碎。

　　贼人仓皇逃离。珠儿强撑起身子,坐在血泊中,绘制一只未完工的沙燕。珠儿的鲜血染红了沙燕雪白的肚腹,被巧手勾勒成一朵殷红的牡丹……

　　大旱终于过去,史灌河又波光潋滟。清晨,风筝王走到珠儿坟旁,将裱糊一新的双鲤鱼和那只被鲜血染红的沙燕放飞。云白天蓝,沙燕和鲤鱼乘风直上,越飞越远,与飞鸟混迹一处,真假难辨。

　　他知道,她能够看见。

钱 卜

◎张晓林

中国自古就有用钱卜卦的习惯，西周时的周文王，听说是钱卜的鼻祖。几枚古钱，放在小竹筒里一摇，"叭"倒在桌上，就能断人生死，知人祸福了。真是一桩不可思议的事情。

围镇程不识，就是一位用钱卜卦的高手。

程不识，原是一村野布衣，住着两间茅舍，一围竹墙。爱好钓钓鱼，和谁"将"上两盘。

不识钓鱼，不误农活。每天黄昏，干活干得累了，早点收工，拿上钓竿——一根毛竹，去镇南的池塘里，以红薯块作饵，专钓鲤鱼，钓一二条，用小细柳条串了，拎回来，清水炖上，去喊人下棋。三盘棋一过，输赢已分，鱼也熟了，香气把小草屋塞满了。

不识本和卜卦无缘。

不识学会卜卦，完全是一件偶然的事情。

那天，不识荷锄晚归，走到村口，见地上靠树斜躺着一个老翁。那老翁面色苍白，皓发枯槁，似有重病在身。

程不识放下锄头，单腿跪在老翁身旁，用手指搭在老翁鼻下一摸，老翁已气息微弱。不识就斜着膀子把老翁背了起来。

回到家，不识给老翁灌了一些水，又喂了一点面汤，到了半夜里，老翁醒了过来。醒过来，老翁便落泪了。

黎明，不识又请来了"济人堂"张淡人先生给老翁把了脉，抓了几味草药。药煎好了，不识用嘴试试凉热，再喂给老翁，一连三剂，老翁病竟然好了。再看老翁时，竟是一番仙风道骨了。

隔两天，老翁道别。临走，他朝不识长长一揖说："老弟救了老朽一命，无以为报，就教你一小小戏法吧，也许够你一生受用的了。"

老翁就摸出几枚古里古怪的青铜钱来，然后授予不识口诀。

老翁走后，不识也没把这事当回事，照样天天去田里锄豆子，回来去南塘钓鲤鱼，或找人杀上两盘。

只是有时好奇，也玩似的露一下，谁知竟都准了，连不识都糊里糊涂地弄不清这到底是咋回事，可不识卜卦的名声却响遍了方圆。

真正使不识名声大震的，还是乡绅胡石公老娘的那一卦。

胡石公老娘过八十大寿，请去了不识，让不识给老太太算一卦。

不识取出那几枚铜钱，在小竹筒里晃几下，往桌上一丢，看时，竟傻了眼。

卦上明明白白显示，老太太不久将有灭顶之灾，而且是要葬身于"山"下。

不识老实，如实说了。胡石公的脸色一下子变得乌青，叫人把不识撵出了家门，鼻子里"哼"了一声："一派妖言，我们周围百里尽是平原，不要说山，就是小土丘也没一个，老太太又大门不出，怎么会……呸！"

可不久，乡绅的老娘果然葬身在"山"下。她住的厢房不知何故突然坍塌，把她砸在了屋山墙之下。

卦准了，可不识的日子却不好过了，胡石公说他暗施妖法惑众，要送他去县衙问罪。

不识只有连夜逃走了。

这一逃,不识就逃到了京师汴梁。

不识有一个远门亲戚在大相国寺附近开着一片油坊,不识就投到了他那里。

那亲戚给不识张罗一间小门面。对他说:"你就开个小卜肆,聊以糊口吧。"

不识本不想再算卦,可又不会其他的手艺,为了生计,只好如此了。

卜肆一开,不几个月光景,全汴京便都知道有个用钱卜卦的程不识了。程不识也因此发了笔小财。他用这笔小财开拓了门面,还请汴京著名书法家陈子璋先生题了一个大招牌:不识卜肆。

这一天,不识坐肆不久,就走进来了两个人,都是士子装扮。不识知道,这是进京赶考的举子。考前,他们都要卜上一卦。打这二人进门,不识就暗吃了一惊,这二人气度非凡,绝非常人。等丢下古钱,不识更大为吃惊:二人皆是宰相之命。

那二人相顾一笑,丢了卦钱,正要步出卜肆,腿还没迈出门槛,又来了二人,这二人和先来的那二人认识,便举手寒暄,之后,后来的二人说:"二位贤兄慢走,等我二人也卜一卦,再一同去游相国寺!"

先来的那两个人便坐在一旁等。

不识又重新取了那几枚古铜钱,在小竹筒里摇几摇,往桌上丢去,这一丢,不识就像大白天见了鬼魅一般,喃喃自语道:"一日之内,怎么会有四宰相……"

那四人听了,相互看了看,憋不住哈哈大笑起来,有两个人竟笑出了眼泪。

不久,一日四宰相作为笑话在汴京传开了,人们都说不识疯了。走到大街上,小孩子都会指着不识说:"这人是个疯子,一天能算出四个宰相。"

不识自己照例搞不清这是怎么回事,他只知道卦上明明白白地显示着:四宰相! 一日出四宰相,这是绝不可能的事! 从盘古开天地,到大宋定江山,没有过! 不识想了又想,终于归罪于自己可能是眼花了。

这时,不识年事已高,腿脚也有些不利索了,又遭此变故,下身不久就瘫痪了。

那亲戚来了几回,替不识请过几个医生,抓了几剂药,可不识的病到底也没有一点起色。

不识不想再拖累那个远门亲戚,就两手按住地,一点一点地挪出了"不识卜肆",到大街上乞讨去了。

一个风雪交加的黄昏,又累又饿的程不识终于冻死在了录事巷的东南角。

多少年之后,一台八抬大轿路经"不识卜肆"遗址,忽然停住了,轿帘闪动处,走下来一个人,他朝"不识卜肆"遗址看了两眼,便又挥手起轿了。

有人认得这个人,他就是当朝一品宰相张邓公,也即当年"一日四宰相"之一。

那三人是:寇莱公、张齐贤、王相公。

四人果然都做到了宰相之尊。

这事儿,《东京梦华录》上有记载。

白　荷

○陈敏

　　记忆中,她是一个活在粗与细两种线条交织在一起的人。

　　她的手很胖而且粗糙,却极其喜欢给我梳辫子。可我很固执,没等她碰住我的头,就早早拨开她的两只手。她拿梳子的手就被悬在半空。听说长这样手的女人多半很笨,也命苦,她都应了,自年轻时她就做不好饭,身边从没有任何男人陪伴。

　　而她的这双粗大的手时常做着一件与其极不相称的事:绣花。

　　她绣花多半不让人看见,只躲在西屋的吊楼下绣。吊楼下有一扇小门,对着一洼湖水,湖里有大群大群的野鸭,零星地漂着几枚荷叶,荷是野生的,没人管,是自生自灭的那种荷。西屋的吊楼下白天没人走动,也很少有人打扰。吊楼下的小屋很凉爽,夏日尤其凉,连蚊虫也很少去骚扰,屋子里有她睡了将近五十年的土炕。她就一个人静静地坐在土炕边,或者吊楼前绣花。

　　她的绣品中绝大多数是荷花,白色的荷,没有丝毫的杂质。绣好的荷花,也多数不让人看。那时女人的全部素养都体现在自己的一双手上,不仅是手的美丽,也包括手艺。她知道自己的短处,和心灵手巧的女人相比,她的手艺差得多,绣品也粗糙。她深知自己的缺憾,却义无反顾地绣,她喜欢针线穿梭中的宁静与专注,一直就这样不停地绣,有时很疲惫,但在那种专注中她很幸福。在绣花的时候,她平日浑浊的眼睛总放着光。

周末,爹领回来了两个朋友,一男一女。说是来看她。她好像病了,病得很厉害。三人几句寒暄之后,就把她晾到一边开始讲段子。段子是男人讲的,大概是说两个女人为争一个男人整天骂架,骂得鸡飞狗跳的,一个女人骂另一个女人,男人外出打工,忍不住寂寞,偷了人;另一个女人以牙还牙,说:我把你从男人身下拉出来的,抓了个现行呢。俩女人总在黄昏时分对骂,把村庄的上空骂得乌烟瘴气。这一回,老村长来了,村长手提一壶烧酒,笑眯眯地进了一个女人厨房,拿出三只大碗,放在门前的石墩上。村长斟满了一碗酒,咕咚几声就灌了下去:我也偷人了!你们信不信?俩女人顿时停止了对骂。一个和颜悦色地说:您老开玩笑吧,您老怎么会偷人呢?村长眼皮一翻:你们俩过来,没偷的喝酒,偷了的不准喝!村长盯着俩女人。一个女人反应灵敏,呼啦一下端起那碗酒,一口气喝了;另一个女人也理直气壮地走上去,举起碗,喝了。酒是个好东西,村长就这一下,把俩女人的问题全解决了。她们俩从此就再不对骂了。男的还没讲完,爹和女人就稀里哗啦地笑。

她被笑声惊了一下,随即转身,给了他们一个背。她对男人女人的话题从不感兴趣。

炎热的夏日,她踮着一双不稳实的脚,艰难地跟我进了闺房,用讨好的口气跟我说话:“四丫,陪我一起去豫园看荷花行不行?豫园的荷花最好看,全是白的。”我叹了一口气,心里不悦,想着她最近一直犯病,还看什么荷花,再说我早就和王环有约,这下可好,身后又拖了一条老尾巴。我只好快快地答应:老佛爷圣旨,小女子岂敢不从?好在豫园不远,穿过一条巷子就到了。我走在前面,速度很快,她在后面不停地撵。还没走到,就出了一脸的热汗。她一边喘气,一边说着每一朵花:"用我的心和手绣出来的荷是有生命的。"

王环叫我,我先行一步。我扔下她先跑了,想着她能走过来就一定能走回去。听说她很晚才到家,她花了一个小时才走完我十分钟就走完的路。她的身体越来越不好,一直背气,她看荷回来的那一夜,喘了一夜的气。

对面的三婆婆恰好在那个夜晚蹬脚西归了。她知道了,没吭声,她和三婆婆以前一直牛头不对马嘴,好像也因某种原因而对骂过,不过时间持续得不长,以后的几十年里她们一直很友好,只是近几年行动都有不便,才少了交往。人老了,所有的交情也跟着老了。

自从看荷回来后,她就再也没出过门。爹和娘都说她这下可能熬不过去了,做了一些好吃的送到西屋。她没吃,只是静静地躺着。灰白色的头发有些蓬乱,笼罩着她的半边脸。几个女性亲戚都赶来说给她做好吃的。她显得有些不耐烦,一一赶走她们,说:我时辰快到了,你们都出去吧,让我好好睡一觉。

她一觉就把自己睡走了。

娘和一些人忙着给她穿衣服。她的寿衣早已准备停当,是她自己缝的,整整齐齐地压在箱子里。在拉拉扯扯中,我竟然看见了一件宽大的睡袍。睡袍由许多块荷花拼凑而成,一片一片的,像小孩的百衲衣。荷是全白的,翠绿的叶子,白色的花瓣。这件大衣被好几双手缓缓地穿到她的身上,她顿时被裹进了自己一针一线绣出的荷花的香里。

我明白了她绣荷的全部意义。她心里的荷全是白的,因为白得干净。

她是我的奶奶。爷爷很早时携着一个小女人奔逃,奔逃的路上不幸双双夭亡,死因不详。那一年爹刚四岁,奶奶就带着爹住在西屋的吊楼下,从青丝一直到白头。

纸　坊

○刘立勤

　　纸坊,也就是做皮纸的地方。皮纸现在已经很少见了,那时候的用途是很广泛的,可以做本子记账,可以糊窗户把寒风挡在户外。代销点还可以用皮纸包糖,母亲也可以用皮纸做鞋样子。最难忘记的是皮纸可以做风灯:挑五张大帘子的皮纸,围成一个正方体,在空着的那一面设置一个机关,安放一支漆蜡油做的粗大蜡烛。然后点燃蜡烛,随着蜡烛红黄色的火焰慢慢凝聚热浪,硕大的风灯就会慢慢地升起,就会把光明和温暖带进冬夜里那遥远的天空。

　　皮纸用途广泛,做皮纸却是非常辛苦的事情。春天,构树刚刚发出嫩芽,要上山把构树砍回来,用冲窖一蒸,然后剥皮。剥来的皮子还要用石灰渍洗,除掉外面黑黄的粗皮,留下白白的如同棉麻一样的皮子。再用兑窝将皮子舂成绒,做成纸浆,然后放进那个庞大的浆池里,纸匠才可以从里面捞纸。

　　捞纸的纸匠是个城里人,长得很白,而且收拾得十分干净,说话细声细气的,和我们村里人有着很大的差别,谁见了都喜欢。特别是那些年轻的姑娘媳妇,见了纸匠就欢喜地笑。笑在脸上,甜在心头,手里的活儿轻松了许多。

　　可惜,那些年轻的姑娘媳妇很少有机会见到纸匠,纸匠整天待在

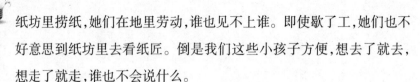

纸坊里捞纸,她们在地里劳动,谁也见不上谁。即使歇了工,她们也不好意思到纸坊里去看纸匠。倒是我们这些小孩子方便,想去了就去,想走了就走,谁也不会说什么。

我们喜欢在纸坊里听纸匠说话。纸匠能说许多方言,常常逗得我们哈哈大笑。纸匠还会讲关公,讲孙悟空,讲飞机,讲宇宙海洋,讲许多稀奇古怪的事情。纸匠也讲崔莺莺,讲林黛玉,讲"关关雎鸠,在河之洲"。纸匠讲这些的时候,却不忘手里的活儿。他一边讲话,一边将纸帘子探进纸浆池子里,左一摆,右一荡,一张纸就出来了。纸匠取下帘子,将水淋淋的纸倒放在旁边的木板上,又开始另外一张纸的劳作。纸匠高兴了,也会让我们学着捞上一张两张的,而我们捞出来的水纸不是花网,就是疙瘩。纸匠会毫不犹豫地扔进浆池,自己重新开始劳作。

当水纸积攒到一尺来高,小梅推着车子就来了。小梅是大队长的女儿,负责晒纸。小梅来了,纸匠小心地把水纸放在手推车上,小梅就踏着"咯吱咯吱"的车轮声妖妖地走了。小梅走了,纸匠的话就没了,眼睛也跟着小梅走了。我们不知道小梅身上有什么东西会扯住纸匠的眼睛,也跟着小梅走。就看见小梅一路甩着好看的大辫子,屁股一扭一扭地走进了我们那个古老的院子,把一张一张的水纸,贴在干净的石灰墙上。待我们吃罢了饭,墙上的水纸就干了。小梅又一张一张地收回来,交给纸匠,纸坊旁边的库房里就有了一摞摞的皮纸。这时,纸匠会取下几张,画上田字格,让我们描红,让我们仿影。而纸匠和小梅,有一搭没一搭地说着话。我们不明白他们话里的意思,却发现他们的眼睛很亮很亮,亮得像是太阳光下面的露珠。

早晨的叶子上没有露珠而只有霜花的时候,冬天就来了,纸坊里依然忙碌不停。村子里的男男女女都去修地了,纸匠不顾水寒,依旧在那里捞啊捞。库房的纸已经很多了,一摞又一摞,垒成了一道道的纸墙。看着那一道道的纸墙,纸匠说,要过年了,你们让我多捞纸,多捞纸好给你们换过年的新衣服呢。我们知道纸匠不喜欢我们打扰他,放学了我们依然喜欢钻进他的纸坊。纸匠在纸坊里生了一盆大火,炉火的温暖吸引着我们。

炉火不仅吸引着我们,也引来了梅子。已经是严冬了,水纸需要半天才能干,有时一天也干不了,梅子有时间也有理由在纸坊里烤火。红红的火光照映在梅子白净的脸上,她的脸红扑扑地耀眼,看起来就像窗外枝头的红柿子,甜蜜而诱人。回过头看纸匠,纸匠也盯着梅子好看的脸,一动不动地看。脑子里忽然就跳出了"关关雎鸠,在河之洲"的句子,懵懂的心里就觉得,纸坊还是少去的好。

很久没有去纸坊了,那天下午到纸坊想问纸匠要几张皮纸写大字。纸坊里不见纸匠,也不见梅子,只有一盆旺旺的炉火在温暖地跳跃。围在炉边烤热了手,烤热了身子,纸匠还不见回来。走进库房想取几张纸回家,却发现高高的纸墙传出一阵奇怪的声音。忽然想起纸匠讲的《西厢记》,想起私会的张生和崔莺莺。我急忙就出了纸坊的大门。

出了门,看见大队长,还看见大队长后面跟着两个背枪的民兵,我感觉到了纸匠的危险。我急忙进门喊了一声"纸匠",然后拿起浆池边的推子用力搅拌纸浆。等到大队长领着民兵走进纸坊的时候,脚一滑,我大喊了一声"救命","扑通"一声掉进了浆池。

一肚子的纸浆白喝了。在我掉进浆池后,进来的他们谁也不理我,径直进了库房。在我自己爬上岸边的时候,两个民兵带走了纸匠,大队长也带走了梅子。夜里,奶奶和娘为我收魂回来,纸匠就被送进了公安局;而漂亮的梅子呢,却扑了河。自此,纸坊被一把铁锁锁住了一切。

三十年过去,我在省城的一个大学校园里竟然看见了已经是教授的纸匠,纸匠竟然一眼就认出不惑之年的我。

我说:"您怎么还能记得我呢?"

教授说:"怎么能够忘记呢。"

是呀,怎么能够忘记呢,怎么能够忘记那个纸坊呢,又怎么能够忘记那段情呢。这时,我感觉纸匠全身不住地抖。抖落了铁锁上的尘埃,就回到了那个冬天的纸坊。

活着的手艺

○王往

他是一个木匠。

是木匠里的天才。

很小的时候,他便对木工活儿感兴趣。曾经,他用一把小小的凿子把一段丑陋不堪的木头掏成了一个精致的木碗。他就用这个木碗吃饭。

他会对着一棵树说,这棵树能打一个衣柜、一张桌子。面子要多大,腿要多高,他都说了尺寸。过了一年,树的主人真的要用到这棵树了,说要打一个衣柜,一张桌子。他就站起来说,那是我去年说的,今年这棵树打了衣柜桌子,还够打两把椅子。结果,这棵树真的打了一个衣柜、一张桌子,还有两把椅子,木料不多不少。他的眼力就这样厉害。

长大了,他就学了木匠。他的手艺很快就超过了师傅。他锯木头,从来不用弹线。木工必用的墨斗,他没有。他加的榫子,就是不用油漆,你也看不出痕迹。他的雕刻才真正显出他木匠的天才。他雕的蝴蝶、鲤鱼,让那要出嫁的女孩看得目不转睛,真害怕那蝴蝶飞了,那鲤鱼游走了。他的雕刻能将木料上的瑕疵变为点睛之笔。一道裂纹让他修饰为鲤鱼划出的水波或是蝴蝶的触须,一个节疤让他修饰为蝴蝶翅膀上的斑纹或是鲤鱼的眼睛。树死了,木匠又让它以另一种形式活了。

做家具的人家,以请到他为荣。主人看着他背着工具朝着自家走来,就会对着木料说:"他来了,他来了!"

是的,他来了,死去的树木就活了。

我在老家的时候,有段时间,常爱看他做木工活儿。他快速起落的斧子砍掉那些无用的枝杈,直击那厚实坚硬的树皮,他的锯子自由而不屈地穿梭,木屑纷落;他的刻刀细致而委婉地游移……他给爱好写作的我以启示:我的语言要像他的斧子,越过浮华和滞涩,直击那"木头"的要害;我要细致而完美地再现我想象的艺术境界……多年努力,我未臻此境。

但是,这个木匠,他,在我们村里的人缘并不好。

村里人叫他懒木匠。

他是懒,除了花钱请他做家具他二话不说外,请他做一些小活儿,他不干。比如打个小凳子,打扇猪圈门,装个铁锹柄……他都回答:没空儿。

村里的木匠很多,别的木匠好说话,一支烟,一杯茶,叫作什么做什么。

有一年,我从郑州回去,恰逢大雨,家里的厕所满了,我要把粪水浇到菜地去。找粪舀,粪舀的柄坏了,我刚好看见了他,递上一支烟:你忙不忙?他说不忙。我说,帮我安个粪舀柄。他说,这个……你自己安,我还有事儿。他烟没点上就走了。

我有些生气。

村里另一个木匠过来了,说:"你请他?请不动的。没听人说,他是懒木匠?我来帮你安上。"这个木匠边给我安着粪舀柄子,边说走了的木匠:"他呀,活该受穷,这些年打工没挣到什么钱,你知道为什

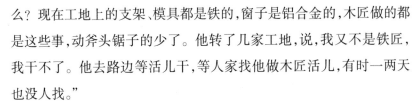

么？现在工地上的支架、模具都是铁的，窗子是铝合金的，木匠做的都是这些事，动斧头锯子的少了。他转了几家工地，说，我又不是铁匠，我干不了。他去路边等活儿干，等人家找他做木匠活儿，有时一两天也没人找。"

我说："这人，怪。"

我很少回老家，去年，在广州，有一天，竟想起这个木匠来了。

那天，我躺在床上，想着自己的事，一些声音在我耳边聒噪：

——你给我们写纪实吧，千字千元，找个新闻，编点故事就行。

——我们杂志才办，你编个读者来信吧，说几句好话，抛砖引玉嘛。

——你给我写本书，就讲女大学生网上发贴要做"二奶"的。

我什么也没写，一个也没答应。我知道我得罪了人，也亏待了自己的钱包。我想着这些烦人的事，就想到了木匠。他那样一个天赋极高的木匠，怎么愿意给人打猪圈门，安粪舀柄？职业要有职业的尊严。他不懒。他只是孤独。

去年春节我回去，听人说木匠挣大钱了，两年间就把小瓦房变成了两层小楼。我想，他可能改行了。我碰见他时，他正盯着一棵大槐树，目光痴迷。

我恭敬地递给他一支烟。我问他："在哪儿打工？"

他说："在上海，一家仿古家具店，老板对我不错，一个月开五千元呢。"

我说："好啊，这个适合你！"

他笑笑说："别的不想做。"

放菜刀

○江岸

秋已经很深了，漫山红叶染红了黄泥湾的天地。在这红光笼罩的天地间，走着一个挑担的汉子。汉子到了村口，就歇下担子，敞开粗浊的嗓子吆喝，放菜刀了，张麻子菜刀，好钢打造的张麻子菜刀。

汉子一张嘴，村人都听出来了，这个放菜刀的人，是个北方侉子。

黄泥湾地处殷城县最南端，村人说话声音和湖北人差不多，就被人叫作蛮子。那么，黄泥湾人就把打北边来的人统称侉子。

村里好不容易来个外人，开始纷乱起来。随着侉子一声声吆喝，大家都嚷，侉子放菜刀啦！一边嚷一边往村口跑。

先到的是两个小媳妇，最喜欢开玩笑。一个问，侉子，你的菜刀能切豆腐吗？一个问，杀鸡能杀出血来吗？

汉子哈哈笑，说，大姐，你用我的菜刀割一下手指，手指能割破，就能杀鸡。

这时候，一个愣头青冲过来，他嚷道，我走南闯北，只知道王麻子菜刀、张小泉剪刀，没听说过张麻子菜刀。

汉子又哈哈笑了，冲愣头青竖竖大拇指，夸赞说，这位大哥真是见多识广啊，什么都瞒不过你。但是，王麻子能打菜刀，张麻子就不能吗？

大家一看，汉子脸上果然有许多黑麻子，闪耀着黑黝黝的光，因为汉子皮肤黑，黑麻子隐蔽在黑皮里，不仔细看还真看不出来。

愣头青被汉子堵住了嘴，他忽然放声笑了，嘲弄地问道，是不是所有铁匠都是麻子啊？

汉子不笑了，脸紧了一下，叹了一口气。他说，大哥，还真让你说对了，打铁的时候，铁花乱飞，哪有不溅到脸上的？十个铁匠九个麻。俺也想好看，可俺也得吃饭啊，还有老婆孩子一大家子人啊。

愣头青再次被堵了嘴，有些窝火，红头涨脸地质问，王麻子菜刀，削铁如泥，你张麻子菜刀能吗？

汉子笑了，环顾一下四周，围观的人已经堆成了山。他蹲下身子，从担子里取出一块砧板，再取出一根铁丝，放在砧板上。汉子随意拎出一把菜刀，扬起来，一道寒光晃花了人们的眼。汉子手起刀落，将铁丝斩成两截。汉子起身，把菜刀递到愣头青手上。

愣头青接过菜刀，用指肚刮刮刀刃，刀刃并没有卷口。一圈儿人围过来，看菜刀，菜刀从一个人手上传到另一个人手上，一个一个传下去，人群里不时发出啧啧的称赞声。

愣头青嘴角噙一丝冷笑，对汉子说，这样的表演我也见过，好菜刀是好菜刀，可惜只有一把。

汉子咧开大嘴哈哈笑了，笑够了，正色说，我张麻子菜刀，有一把算一把，刀刀一样。

愣头青死死盯着汉子的眼睛，汉子也睁大眼睛回盯着他，两人像一对即将打架的公牛，正做着战前的准备。

良久，愣头青吼，你别嘴硬，有叫你软的时候。

请便。汉子说。

愣头青飞快地取出一把菜刀，寒光再次晃花了人们的眼。待定睛再看，砧板上多出了一截铁丝。人家从愣头青手里接过菜刀，刀口完好无损。愣头青疯了似的,把担子里的菜刀一一掂出来砍铁丝。砍到后来,大家都不看刀口了,一截截铁丝像断掉的蚯蚓似的趴在砧板上,砧板周围横七竖八的都是菜刀。

愣头青站起身来,额头竟有了细碎的汗。他对汉子一拱手,朗声问,大哥,你的刀怎么卖?我要一把。

汉子把手搭在愣头青肩上,捏了一下,爽快地说,兄弟是个直性子人,冲你这声大哥,我也得便宜一点。这样吧,我不要钱,只要稻子。当场兑现稻子,十五斤一把;明年再给,二十五斤一把。

大家迅速在心里算了一笔账。稻子市价是两毛钱一斤,当场买刀,不过三元钱,等他明年来收,就是五元钱了。过一年,多出两元钱,那可不划算。不少人赶回家,纷纷舀来稻子。愣头青帮汉子称稻子,分菜刀,忙得不亦乐乎。最后,菜刀当场卖完,换回了满满两担稻子。

愣头青忘记给自己留一把菜刀了。

汉子说,兄弟,今天麻烦你了,你好人做到底,帮我把稻子挑一担到镇上,那里还有一堆菜刀呢,你随便选。

愣头青帮汉子挑了稻子,一前一后走出了村人的视线。到了镇上,愣头青挑了半天,终于选出了一把满意的菜刀。

愣头青说,大哥,明年稻子熟了,你过来,我给你二十五斤稻子。

汉子说,兄弟,今天多亏你帮忙,这把刀,大哥送你了。

愣头青说,大哥放心,只要人在,账烂不了。

汉子说,兄弟言重了,大哥是诚心交你这个朋友。

愣头青回到黄泥湾,天已经黑定。第二天天不亮,他背了十五斤稻子,送给汉子。

愣头青说,大哥,拿称。

汉子说,不用了,兄弟太见外了。

多少年过去了,这个放菜刀的侉子再也没去过黄泥湾,家家都还用着张麻子菜刀呢,有时还聊起这个侉子。愣头青见老,每每提到放菜刀的侉子,总是喃喃地说,幸亏第二天早晨俺把稻子送去了,他怎么再不来了呢?

世事难料,张麻子怎么就不来了呢?

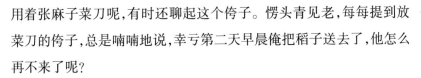

头 一 官

○丁新生

清末民初,许州大油梆戏班在主戏开演前,总有一个演员头戴乌纱帽,身穿蟒袍走上台,朝椅子上一坐,不慌不忙,先念四句定场诗:位列上中下,才分天地人……而后稳坐半天,待演员化好妆,看戏的百姓来得差不多时,他才唱段慢快:昔日里有一个二大贤,兄弟退位让江山……唱完下台,主戏开演。这叫作"垫场"戏,人称"头一官"。这个角色向来不受欢迎,常挨人骂。

二康就是这一专挨骂的角色。

二康,新郑县吕公寨人,自幼家贫,十六岁到许州拜大油梆戏班班主刘大成为师学艺。二康学戏倒很下工夫,每天一早起床跑到河边吊嗓,晚上半夜不睡觉,总会把师傅教的戏重新温习一遍。可他太笨,几年也没学个啥名堂,一上场就忘词,闹出不少笑话来。刘大成只好让他专唱"头一官"。

二康虽说老大无成,可人勤快,搭台子,搬戏箱,啥活重他干啥,从无怨言。因此,在戏班里威信蛮高。刘大成虽有撵他走之意,可每当看到他那股实在劲,话到嘴边又咽了回去。

二康虽说笨,可并不傻。他已从师傅眼中看出名堂,因此十分小心。师傅找不出借口,此事便一直拖了下来。

民国十年，从开封来了一位名叫赵菊花的坤角加盟大油梆戏班，这下子大油梆戏班如虎添翼，名震豫中南十余县。那时候，演旦角的都是男扮女装，女人演戏，十分罕见。百姓素有看稀罕的固弊，对此就更感兴趣了。因此，写戏的人排成队，写戏也就是签合同。一年三百六十五天，除了收麦那半月，几乎排满。这一年，长葛县官厅寨的庞老财写了大油梆的戏。

头一官当然还是二康了。

那日下午，打闹台的锣鼓停下后，二康头戴乌纱，身穿蟒袍走上台，朝台中椅子上一坐，慢腾腾念完四句定场诗，便不吭声了。他坐了半天才起板，待过门拉过之后便唱了起来：昔日里有一个二大贤……他刚唱完一句，忽然台下传来骂声，娘那个！甭唱啦，快点滚回去！二康定睛望去，只见一个十六七岁卖烟的年轻人，站在左边台脚下。二康大怒，摘下乌纱和胡须，走到台边，骂道，你娘个！咋啦，你有啥权不让我唱？台下小贩也不示弱，二人对骂起来。拉弦的师傅说，二康，唱吧，甭跟小孩一样！二康气呼呼地说，这货不尊重人！这时，刘大成跑上台来，气愤地打了他一拳，二康趔趄一下，还没站稳，刘大成又举手打来，可被上台的庞老财用文明棍挡住。庞老财朝台上一站，吼了一声，谁不想看就滚蛋！顿时台下静了下来。庞老财对二康说，孩子，唱吧，他不懂规矩。二康只好戴上乌纱，挂上胡须，不等弦子拉过门，就唱了起来：兄弟退位让江山……台下百姓一阵哄笑，纷纷骂道，这货！这货！……

二康唱完，回到后台，刘大成道歉说，二康啊，我打你，是消消台下之气，甭怨恨师傅呀！二康含泪点点头。

接下来，锣鼓敲起，《穆桂英挂帅》正戏开演，赵菊花扮演穆桂英登场。她刚一亮嗓，台下欢声雷动。人人伸长脖子朝台上看，后面看不到，便朝前挤去，顿时台下大乱。女人哭、孩子叫，忽然有人高喊，挤

倒人啦！乱糟糟的人们，挤来拥去，无人理睬。庞老财一看不好，忙上台，挥着文明拐杖乱吼，竟无人理睬，赵菊花只好下场。

此时，二康忽然灵机一动，戴起乌纱帽，披上蟒袍，奔上台去，朝椅子上一坐，两眼微闭，稳如泰山。台下观众看到头一官又上台来，不知正戏何时开演，便骂了起来，不少人纷纷散去。被挤倒的三个老汉得救，跪在台下连连向二康磕起头来。

庞老财趁此机会，迅速组织团丁手持棍棒，维持秩序。好半天，锣鼓声才又响起来。

这场戏结束后，却不见二康。原来，他早已悄悄离去。刘大成十分内疚，他虽说安排卖烟小贩撵走了二康，没想到他临走又办了一件天大好事！

最后的绝招

○聂鑫森

古城湘潭的火车站设在郊外,是早几年新建的,很大很气派。特别是候车大楼前面的那个广场,一个篷摊连一个篷摊,卖水果,卖日用百货,卖旅游纪念品,卖小吃,卖书报,吆喝声此起彼伏。篷摊是公家统一做的,不锈钢支架,五颜六色的塑料平瓦,然后出租给摊主。还有一些临时地摊,每天只收两元钱卫生费,摊主大多是一些走江湖的人,快速刻图章、练武卖膏药、唱地花鼓、剪像……这类人流动性大,短的三五天,也有长年在此的,比如"面人雷"。

"面人雷"当然姓雷,但叫什么名字,谁也不清楚。他是吃捏面人这碗饭的,北地口音,六十来岁的样子,骨骼清奇,黄面短须,双眼特别锐亮,像鹰眼,有点冷。他在这个广场捏面人差不多有一年了,住得离这里也不远,租了间农家单独的土砖屋——以前是放农具和杂物的。

捏面人在清代称之为"捏粉人"、"捏江米人",因为所用的原料是江米面,掺入防腐防虫的药剂,蒸熟后分别拌上红、绿、黄、黑等颜色,然后用湿布包好,以便使用时不致干燥。捏面人除用手之外,还借助一些特别的工具:小竹片、小剪刀、细铁签。捏面人分为两种,一是专捏那些《三国》、《水浒》、《西游》中的人物,捏好了摆着等顾客来买;一种是对着活人捏像,捏谁像谁。后一种是顶尖的绝技,"面人雷"操此技久矣。

　　只要不下雨不落雪，"面人雷"就会准时出来设摊。他的行头很简单：一个可收可放的小支架，上面挂着一个纸板，正中写着"面人雷"三个大字，两边各写一行小字："为真人捏像；继绝技传家。"再就是一个小木箱，里面放着捏面人的原料和工具。他捏面人很快，顾客站个十来分钟就行了，称得上是"立等可取"。顾客满意了，给十块钱；觉得不像，他不取分文，而且立刻毁掉，再不重捏——这样的情景似乎从没出现过。他捏面人，先是几个手指翻飞，霎时便成形，再用小竹片、小剪刀和细铁签修一修，无不形神毕肖。

　　世人能欣赏这玩意的并不多。空闲时，"面人雷"会安静地坐下来，手里拿着面粉，两只眼睛左瞄右瞅，专捏那些有特点的人物。真正有特点的人物是那些"老江湖"，算命测字的"半仙"，耍解卖艺的赤膊汉子，硬讨善要的乞丐，打锣耍猴的河南人……当然，他也捏那些在广场游荡乘机作案的小偷，江湖上称这类人为"青插"；专弄"碰瓷"的骗家，手里拎着瓶假名酒，寻机让人碰落摔碎，然后"索赔"；还有那些做"白粉"生意的，避着人鬼头鬼脑地进行交易……捏好了，悄然放入木箱，秘不示人。

　　这么大的广场，这么大的人流量，各类案子总是会发生的。

　　负责车站治安的铁路警察，常会秘密地把"面人雷"找去，请他帮忙破案。

　　"面人雷"会把那些涉案疑犯的面人拿出来，冷冷地说："你们只管抓就是，错不了。"

　　他们知道"面人雷"是靠这门手艺吃饭的，便要按人头给钱。"面人雷"说："这算我的义务，免了！只是……请你们保密，给我留碗饭吃。"

　　小偷抓了。"碰瓷"的抓了。贩"白粉"的也抓了。那些面人捏得太像了,一抓一个准。

这是个秋天的深夜,无星无月,风嗖嗖地刮着。

"面人雷"睡得正香,门闩被拨开了。屋里突然亮起灯,被子被猛地掀开,三条大汉把"面人雷"揪了起来。

"面人雷"立刻明白是怎么一回事了。他很镇静,说:"下排琴,总得让我穿上挂洒、登空子、戴上顶笼,摆丢子冷人哩。"

"面人雷"说的是"春点",也就是江湖上的隐语,翻译过来为:"兄弟,总得让我穿上衣服、裤子、戴上帽子,风冷人哩。"

其中一个年纪较大的汉子,脸上有颗肉痣,说:"上排琴(老哥),是你把我们出卖给了冷子点(官家),你应该懂规矩,今晚得用青于(刀)做了你!"

对方掺杂着说"春点",气氛也就有些缓和。"面人雷"笑了笑,也不绕弯子了:"兄弟,你们误会了,谁使的绊子呢?"

"老哥,没有不透风的墙,你老老实实跟我们出门走一趟。"

"我这一把年纪了,死也不足惜。兄弟,我捏了一辈子的面人,让我最后为自己捏一个吧,给老家的儿孙留个念想。不过一会儿工夫,误不了你们的事,也不必担心一个年老力衰的人还能把你们怎么样。"

他们同意了。

"面人雷"打量了他们几眼,说:"谢谢。"然后便拿出一大团面粉和工具,坐在桌前,对着一个有支架的小镜子捏起来。

三个人坐到一边去,抽着烟,小声地说着话。他们知道这个老江湖懂规矩,因此他们也做到仁至义尽。

"面人雷"很快就捏好了,是他的一个立像,有三寸来高,右手拿着小竹片,左手握拳。然后在底座边刻上一行字:"手中有乾坤。'面人雷'自捏像。"

那三个人拿着面人轮流看了看，随手摆在桌子上。

"面人雷"说："兄弟，我随你们去走一趟，也算我们缘分不浅。"

夜很深也很暗，一行人急速远去。

两天后，在二十里外的一条深渠里发现了"面人雷"的尸体，脖子上有深深的刀痕。

人命关天，公安局的调查雷厉风行地开展起来，很快就知道了死者是"面人雷"，很快就找到了他的住处。在现场勘查时，床铺垫被下找到了一叠汇款存根和几封家信，还有桌子上那个栩栩如生的面人。现在要寻找的是杀人凶犯，但几乎没有什么线索。

公安局刑侦队队长是个年轻人，业余喜欢搞雕塑。他把"面人雷"的自捏像放在办公桌上，关起门看了整整一天。他发现那支形如利刀的小竹片，尖端正对着那只握着的拳头，而那拳头从比例上看略显硕大，似乎握着什么东西。"手中有乾坤"这几个字，也应是一种暗示。他小心地掰开了那个拳头，在掌心里出现了几个极小的面人！在放大镜下一看，眉眼无不清晰，那个脸上有颗肉痣的汉子，是个黑道上的头目，曾因诈骗坐过牢。"面人雷"在临死前，给这几个家伙捏了像，堪称大智大勇，不能不让人佩服！

这几个疑犯很快就被抓捕归案。

追认"面人雷"为"烈士"的报告也随即批复下来了。

追悼会开得非常隆重，正面墙上挂着"面人雷"的遗像——是那尊自捏面人的放大照片。

挽联是这样写的：

手中有乾坤，小技大道；

心中明善恶，虽死犹生。

旗　袍

○宋以柱

　　小镇不大,年头却长。两条省道,一东西,一南北,交会出小镇的中心。来小镇上的外地人,大多找两个人,一个是镇南的水果大王刚子,一个是镇北的裁缝张。

　　外地人肯到无名小镇做旗袍,可见裁缝张的手艺了得。小镇上的女人近水楼台,穿旗袍的就多一些。春末夏初至秋深,女人们乐此不疲。尤其那些好身段的女人,几乎把旗袍当作自己的招牌。得了空闲,就纷纷着旗袍亮相。外地人来小镇做很多生意:运水果、拉河沙、收木材、贩猪牛羊,等等。做完了生意,还愿意在小镇上的小旅馆留恋几日,眼睛盯着穿旗袍的女人不放。穿旗袍的女人们无形中主宰了小镇的经济往来。

　　但刚子的女人不穿旗袍。女人是上海人,上海女人管自己叫"阿拉",管别人叫"侬"。胸脯翘得摁不住,到腰那儿又猛地细下去,把肉转移到臀上。说话快得听不清,软得拿不住。在冷库里干活的男人就骂:狗日的刚子。然后把苹果箱摔得满地打滚。

　　女人不问冷库上的事。闲了,就捧了茶杯躲太阳,看工人干活,跑到选苹果的女人堆里拉呱。尽管没人能听懂她。女人的一个最爱,就在衣服上,春夏秋三季,清晨中午下午换得那叫一个勤,时间长了,干活的男人女人给她一个外号：三换。在刚子面前也喊，刚子不恼，很受用地笑一笑。时间长了，女人也明白，也不恼，反而转几个身，双手捧了屁股，咻咻地笑着说："阿拉就是这儿太肥了。"女人不喜欢自己屁股上的肉太多。

包装苹果的女人们却对女人换来换去的服装不以为然，撇一撇嘴："臭摆，还是裁缝张的旗袍养女人。"旁边就有人拿苹果打说话的人。

女人听到这话，两眼亮晶晶的。

女人不是不想穿旗袍。是刚子不让。女人觉得委屈。女人看到店门口穿了旗袍的其他女人，悠闲地舒展着身子东张西望，或者拿了一块上好的绸子，去找裁缝张，女人就叹口气，待上半天，端了茶杯怨一句：衰刚子。

女人渐渐知道了街北那儿的裁缝，姓张，手艺精绝。女人心里就痒痒得不行。跟刚子说，却孬好不答应。夜里，翻来覆去地缠刚子。刚子爱极了女人，缠得没法，狠叹一口气，幽幽地说："那原是我们家的手艺，缘自一代名流宋美龄的大裁缝，是我爷爷苦熬十年学来的。我父亲希望我继承下去，却又半路收了一个徒弟，就是这个裁缝张。他说裁缝张对女人感觉更准确。"刚子长叹一声。

"后来我自残一指，另谋生计。我也能做出好旗袍，我喜欢用黑色的丝绒。旗袍这手艺得有好女人养着。"刚子看着半截断指，目光有些呆滞。

刚子看着自己的女人，一字一句地说："你不要去招惹他，我不想再和他有什么过节。"女人不再言语，只把一个温软的身子迎上去，心里却拧了一股绳。

趁刚子走南方送苹果，女人迈着小碎步就去了。

几间平房，院落不大，收拾得很干净。屋檐下几株月季怒放，飞舞着几只蜜蜂。左侧三间偏房,玻璃为墙,长纱垂地。门框左右石刻一副对联:任尔东西南北客,此事不关风与月。进得房来,三十几个平方米的样子。中间是操作台,北面靠墙是做好的各种旗袍,如意襟、斜襟、双襟;高领、低领、无领;丝绒的、真丝的、织锦的;樱桃红、蟹青、海蓝、杏黄、烟紫等,各式不一。每一身旗袍都宛如一个妖冶的女人。女人看了心里更痒。

"做旗袍吗?"声若金属,尾音若钩。女人的心像给热手捂了一下。男人身矮体胖,浓眉大眼。让女人感慨万分的是,这个男人却有一双好手,手掌阔大,五指修长,饱满细腻,此刻正悠闲地握一把软尺。女人有些慌乱。

女人很快选中了一块小花、素格、细条的丝绸料子。

裁缝张知道他是刚子的女人,动作有些犹豫。裁缝张的软尺比常见的略厚,金黄色,软硬适度。量到胸部、臀部这几个突出的地方,略微一紧,一松,女人心里也跟着一紧,一松,舒服得不好说。裁缝一双手鱼一样在女人身上游走,颈项、手臂、胸、小腰、臀,一路下来,却并不记在纸上。结束的时候,擦一把细汗,小声地说一句:"旗袍将是另一个你。"女人心里颤悠一下,身上也出了一层细汗。

这时,女人似乎听到一声叹息,回头看时却没人。

正要出院门,女人感觉有人盯她。再回头看时,正屋门口站了一个女人,清秀端庄,宛若旧时的大家闺秀,眼神却飘移不定。女人对她一笑,心里就奇怪:她怎么不穿旗袍呢?

七天以后,女人刚穿上新做的旗袍,刚子回来了。

女人分明看到刚子的眼猛地一亮。其实刚子最初喜欢上她,也是因为那次她穿了旗袍。刚子的眼没亮多久,一张脸就变黑了。刚子一言不发,转身就走,一夜未回。

女人细声细气地哭了一夜。

天刚放亮,有人跑来告诉女人,刚子给带走了。他剁掉了裁缝张的两根手指。

在看守所里,刚子还黑着脸,却有几分安详。

"刚子,侬为啥事?"女人依然期期艾艾。

"别去招惹那个裁缝,好不好?"刚子一脸的苦楚。

在看守所门口,女人遇到了裁缝张家的那个女人。

"我来看看刚子。"她好看地一笑。

女人意外地看到,她穿了一件黑色的丝绒旗袍。

女人点线分明,华贵而典雅。

闯 码 头

○相裕亭

码头上混事,称之闯码头。

这一个"闯"字,了得! 透出了多少人的艰辛与苦难,洒下了多少人的汗水与血泪。

盐河口日趋繁荣之后,云集了三教九流的人物,能在此地混饭吃的主儿,个个都是硬汉子。全凭着拿人的手艺和过硬的本领。扛大包的,比的是力气。别人双肩顶一个大包,还摇摇晃晃。你能一肩扛两个大包,而且是稳稳当当地踏上船,你就是爷,人前一站,脑门儿亮堂,说话响亮。耍花船、逛窑子的公子哥,玩的是心跳,出手是大把大把的银子,你有吗? 掏不出银子来,别来这盐区凑热闹,一边儿晒太阳捉虱子去。吹糖人、玩大顶、耍花枪、修铁壶、锔大缸的,讲的是手上的功夫,吃的是手上的绝活儿。玩得好,耍得开,显能耐! 码头上人给你喝彩、鼓掌,称你师傅,叫你掌柜的,喊你爷,请你下馆子,吃"八大碗"。玩不好,掀了你的摊子,逼你下跪喊祖宗,让你灰溜溜地卷铺盖走人,永远也别想再来盐区混事儿。

这就叫闯码头,有本事的,来吧!

今日说的这位,是盐河口锔盆锔锅的匠人——宋侉子。

南蛮北侉子,一听这称呼,你就猜到:那宋侉子,不是原汁原味的

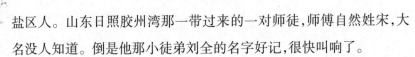

盐区人。山东日照胶州湾那一带过来的一对师徒,师傅自然姓宋,大名没人知道。倒是他那小徒弟刘全的名字好记,很快叫响了。

师徒二人,打盐河上游划着小船来到盐区,选码头上繁华的地段挂起招牌,专做铜缸、箍盆、补铁壶的买卖。看似小本生意,可是手艺活儿,任你拿来什么样的破锅、烂盆,或是滚珠、玉坠、金钗、银镯等细巧的活儿,师徒二人一上手,几个铜箍、银扒子打上去,好锅、好缸、好物件儿一样,让你喜滋滋地拿回去,再用坏了,绝不会是他们下过扒子、打过箍子的老地方,一准是你当作好锅、好盆一样跌打,又出了新毛病。

手艺人吃的是手艺饭,其本领,全在手上。用坏了的锅、盆、碗、壶,到了他们手上,转眼能变成新的一样,可你拿回去,用不了多久,你还要来找他们。行内话,这叫拿手活儿,其中的窍门,行内人不说,行外人不懂。

比如,铜好的锅盆,没用两天,又跌出毛病,看似主家使用不当,可真正的病根,还在他们手艺人的手上。破锅上,一道裂缝下来,给你横着下几道扒子,偏不在裂缝的顶尖处下工夫。当时看,锅是铜好了,滴水不漏,好锅一样。当你拿回去当好锅一样使用时,稍不留意,碰着了,跌打了,其裂缝继续向前延伸,又坏了!你能怪人家没给你修好吗?不能。这其中的门道儿,行内人一看就知道,行外人再看也不明白。这就是手艺人的能耐。

宋侉子领着他的徒弟刘全在盐河码头上专事这补锅、箍缸的生意,却出了大名,来往船上用坏了的破缸、旧盆,千里迢迢也要带回来找他们。盐区,大户人家的花盆、鸟罐、铜盆、瓦缸以及他们娇妻、美妾、大小姐戴的耳环、银镯子之类的出了毛病,也都来找宋侉子。

宋侉子,五十多岁一个小老头儿,两手粗糙得如同一对永远也合不拢的枯树根,可做起活儿来却十分精巧。蒜头大的鸟罐上,他能开槽下箍子,也能钻出蜈蚣一样的细小条纹;豆粒大的珠宝中,他能打出针尖一样细小的眼儿,也能给镶上活灵活现的金枝玉叶。

这一天,大盐东吴三才家的三姨太派人来请宋傣子,说是有一件细巧的活儿要当面说给宋傣子。

宋傣子打发刘全去把活儿接过来。

刘全呢,去了,很快又回来,告诉师父,说:"师父,非你去不行。"

宋傣子一听,遇上大买卖了,搁下手头的活儿,喜滋滋地去了。回头来,同样跟刘全一样,两手空空的耷拉着脑袋回来了。怎么的?那活儿,宋傣子也接不了。

三姨太把大东家一把拳头大的紫砂壶跌了三瓣儿,想完好如初,不让大东家看出丝毫的破绽来。因为,那把茶壶是已故的二姨太生前留给大东家的。这些年,大东家视为珍宝,每日用来沏茶,里面的茶山,已长成了云团状。按三姨太的说法,要箍好那把壶,外面不许打扒子,里面还不能破坏了茶山。这活儿,宋傣子没能耐接。

三姨太不高兴喽!当晚,派管家登门,一手托着那把破茶壶,一手拎着一大包"哗琅琅"响的现大洋,身后跟着几个横眉冷眼的家丁。那架势无需多言,这壶,你宋傣子用功夫修吧。洋钱嘛,要多少给你多少。倘若修不好这把壶,身后这几位家丁可是饶不了你!

当夜,师徒两人,谁也没有合眼。

第二天,宋傣子正想卷了铺盖一走了之,可他那小徒弟刘全,却不声不响地想出招数来,他和好一团不软不硬的海泥,给那把长满茶山的壶做了个内胆。而后内胆上挖槽,壶的内壁打眼,熬出银汁,自"内槽"中浇灌,等银汁冷却,固定住壶的原样后,再一点一点掏出壶内的泥胆,完好如初地修好了那把壶。

宋傣子一看,徒弟这能耐,可以在码头上混事了。相比而言,他这做师父的反倒矮了徒弟半截儿。

隔日,宋侉子找了个理由,说是回趟山东老家看看。这一去,宋侉子就再也没回盐区来。但,盐区宋侉子开的那家锔匠铺仍旧开着。只是主人不再姓宋,而是姓刘。

　　至今,盐区的宋家锔匠铺,仍旧是刘姓人开着。

　　不信,你来看看!

铁 匠 李

○卢群

铁匠李生得人高马大，力量无比。只要他抡起铁锤，那"笃笃笃笃"的锻打声便如惊雷般震耳欲聋。每当此时，他的徒弟必定虔诚地守在一旁，或把风箱拉得呼呼作响，或用钳子夹住烧红的铁块从另一面轻轻敲打。一声铿锵一声低沉，坚硬的铁块就在这强弱交替高低有别的击打中成了面团，在熊熊燃烧的玫瑰色火焰里不断舞蹈，不断变幻。

铁匠李活儿做得好，脑袋瓜儿却不太好使，是有名的"一根筋"。一次，一位乡邻寻上门来，想请铁匠李收他的儿子做徒弟。那时铁匠李自己也才满师不过年把，如果这个时候就能招到徒弟当上师傅，势必对提高自己的身价和收入是大有好处的。

谁知铁匠李朝人家孩子瞄了一眼，就把头摇得跟个拨浪鼓似的，说"打铁须得自身硬"，你的孩子像棵豆芽菜，哪里是个打铁的料？快把孩子带回家好好调养调养再说。言罢不容分说，就将那对父子送出门外。

孩子的父亲见铁匠李榆木脑袋一个，知道说再多的话也是瞎子点灯白费蜡，只好闷闷不乐地将孩子带了回去。半年后，当那对父子再次登门拜访时，铁匠李见孩子终于长成个棒小伙子，这才微笑着点了头。

　　铁匠李原先和一个老铁匠搭档打铁。尽管那个老铁匠的手艺很一般,可是在讲究论资排辈的上世纪五六十年代,铁匠李纵然身怀绝技,却仍不得不跟在人家屁股后面拉拉风箱,打打下手。很多人都暗暗为铁匠李抱不平,铁匠李却说"生姜还是老的辣",我这点能耐哪能跟人家比?

　　收了徒弟后,铁匠李才有了挑大梁显身手的机会。铁匠李做活认真细致一丝不苟,他打制的农具和刀具不仅轻便好使,而且耐用。当然了,好铁锻打才成钢,精工才能出细作。铁匠李做活儿讲究信誉讲究质量,自然得花大功夫,下大气力。如此一来,活儿是精致了,产值却不容乐观。有人就点拨铁匠李,如今实行多劳多得,活儿只要说得过去就行,别尽做得不偿失的事。铁匠李眼珠子一瞪,什么话?"偷工减料就好比谋财害命",我怎能为了私利丢掉名声?!

　　铁匠李的父亲去世早,母亲又是个药罐子。为了救治患病的母亲,铁匠李的收入大多进了医院。因此当乡邻们纷纷起新房添家私时,铁匠李仍旧住在那间四面漏风摇摇欲坠的破草房里。这当儿,一个外县企业的头儿不知从何方渠道探知铁匠李的人品,就亲自摸上门来,想用高薪将他挖走。谁知铁匠李连想都没想一下,就一口将人家回绝。事后族人埋怨,铁匠李啊铁匠李,你穷得连老婆都娶不起,还摆什么谱子充什么大头虾?铁匠李说我的手艺是厂里培养的,我不能见异思迁忘了根本。

　　后来,铁匠李的事迹经广播宣传打动了一位姑娘。姑娘叫徐秋凤,是大名鼎鼎的刺绣皇后。她绣的花儿能迷住蜂蝶,绣的鸟儿似展翅欲飞。抡大铁锤的壮汉与捏绣花针的娇娘喜结连理,这段佳话很让新闻媒体热闹了一阵子。

　　结婚后,小两口子一个专心致志打铁,一个专心致志绣花,小日子很快便芝麻开花节节高。不久,铁匠李又喜上加喜有了自己的骨肉。当铁匠李得知自己即将当上爸爸时,高兴得手舞足蹈眉飞色舞,活像个淘气的孩子。

秋凤分娩正逢厂里举行"生产革新百日竞赛"活动,铁匠李就很为难地对秋凤说,厂里正搞竞赛呢,"火车跑得快,全靠车头带",我是个车间主任,这节骨眼儿上我怎能当逃兵呢?秋凤安慰道,你就安心地忙你的事吧,家里还有娘照应着呢。

秋凤的通情达理让铁匠李很是感动,当然他绝没有想到这竟是秋凤同自己说的最后一句话。因为遭遇难产,因为老娘自己也是个病病歪歪的人,因为乡村交通不很顺畅,因为医院技术能力有限,当铁匠李闻讯匆匆赶来时,秋凤和胎儿已经去了另一个世界。

秋凤走了,铁匠李的魂儿也跟着走了。从此,铁匠李就像变了一个人,不是喃喃地喊着秋凤的名字,就是抱着秋凤的遗像痛哭流泪。亲友和同事怕他闷出病来,就小心翼翼地劝他续个弦。铁匠李摇摇头说,我心里已装不下别人啦,我欠秋凤的太多,就让我这样陪她一辈子吧。

前不久,铁匠李的一个远房侄子回乡探亲。交谈中,当他听说铁匠李的退休金才三百多块,就很惊讶地问怎么回事呀?以您的资历和现在的政策再怎么算也不会少于千元的,是不是因为您退休太早,厂子又几经变迁,人家把您给忘啦?要不我帮您去反映反映。

铁匠李笑笑说不要麻烦人家啦,钱是身外之物,生不带来死不带走,我一个孤老头子,只要够吃够穿就行了,要那么多钱干什么?!

铁匠李的话语调虽不高,却字字如珠玉,又一次将身边人震撼。

艺 术 家

○刘建超

　　尉迟亮是不是艺术家,说不清楚,但他已经做到形似了。

　　尉迟亮留出了一脸络腮胡子,下巴上的一撮有半尺长,如扎了一条领带;头发长长的,随便用节麻绳扎在脑后;身上一套除了布袋还是布袋的水洗牛仔服,肩上挎个巴掌大小的皮包,皮包带很长,皮包吊在他膝盖上左右晃悠;手里总是夹着一支深褐色的又长又粗的雪茄烟。我直着眼睛盯着他看了半晌,尉迟亮掏出打火机,点燃口中的雪茄,重重地吐出一口浓烟,说:"别奇怪,搞艺术的,都是这份德行。"

　　尉迟亮原先和我在同一家银行上班,还在一个科室。尉迟亮上初中时,家住在县文化馆隔壁。文化馆里有个半拉老头儿会捏泥巴人,常常在院子里的葡萄架下的石桌上摆弄泥巴。尉迟亮被玩泥巴的老头儿吸引住了,放学后没事就跑去看老头捏泥人。老人见他好学,就时不时地教尉迟亮几下,告诉他:"别看是一堆烂泥,玩好了就是艺术,是化腐朽为神奇的艺术。"尉迟亮回到家就捽泥巴,能捏出个小狗小鸡之类。每次玩泥都会弄脏衣服,母亲就不愿意,看严了他,不准他到隔壁的文化馆。尉迟亮刚刚萌发的艺术细胞给扼杀掉了。

　　尉迟亮到银行上班,也表现出脱庸离俗的姿态。他经常意气风发地批点绘画、雕塑之类。单位办个黑板报,每次出刊,尉迟亮从头到尾给骂个狗血喷头,搞得办黑板报的小张见了尉迟亮就躲着走。不久小张要结婚,大家都凑份子,商量给小张买点啥东西,尉迟亮说:"俗气,要送就该送点高雅的,有欣赏价值的艺术品。我就亲自动手吧。"小张结婚那天,尉迟亮把他精心制作的艺术品送到了小张的新家。打开包装,我们都吃了一惊,一堆黑泥巴,捏了个拳头不像拳头、蘑菇不像蘑菇的玩意儿。尉迟亮说这件艺术品的名字是把根留住。羞得小张的新媳妇儿躲得远远的,小张鼓着嘴巴发不出声。尉迟亮前脚走,小张媳妇儿后脚就把那"不要脸的艺术"扔进了垃圾道。尉迟亮知道后,摇着头说,他们档次太低了,那叫抽象美、朦胧美,知道吗?我们国民缺少的就是艺术修养。

尉迟亮把我拉进一家酒馆,点了一盘花生米,一盘拌黄瓜,要了两瓶啤酒。他斟满两瓶啤酒,端起来自己的一杯"咕咚咕咚"饮下,然后潇洒地捋一把大胡子,对我说:"你也喝。"尉迟亮点燃了手上的雪茄,说:"我终于揽到了一个可以全方位展示我的艺术才华的机会。育才学校校园扩建,要建个中心广场,广场中央要修建体现办校精神的雕塑。我找了不少关系,终于把这个项目搞到了手。前期的准备工作资金有点紧,你先借我五千元,过后加倍还你。这次我要一鸣惊人。"

尉迟亮的工程一直神秘地进行着,尉迟亮常常独自一人围着花坛转圈子,雪茄烟冒着浓浓的白烟。我也常抽空去工地现场看看,因为那里有我借给尉迟亮的五千元钱。

雕塑落成那天,我也应邀参加了典礼。红绸揭下后,现场一片寂静。两个扭在一起的肢体一只手托着一方形,一只手托着一个圆形体。尉迟亮解说方的代表书,圆的代表地球,寓意今天读书为明天走向世界。鼓乐响起,为人们缓释了眼前的尴尬。学生们发起了一场为雕塑征名的活动,结果得票最多的是:读书顶球用?男女成方圆。每天去学校看热闹的人越来越多,已经影响到学校的正常上课。没办法,学校派人将刚刚落成的雕塑捣了个稀巴烂。

尉迟亮神情沮丧地推开我的房门,坐在沙发上大口大口地吸着雪茄烟,不宽敞的屋子被呛人的烟雾笼罩着,憋得人透不过气。我推开客厅的窗子,说:"房间小了点,正准备换个大点的房子,购房意向书已经签订了。"我在提醒尉迟亮该还我的借款了。

尉迟亮摁灭了烟屁股,从背来的大帆布包里掏出包东西,小心翼翼地解开包装,说:"我也没现钱还你。看在朋友的分儿上,我就把我最喜爱的这件作品送给你,全当抵债了。"

我看了看放在茶几上的一堆黑不溜秋的泥巴捏成的东西,说:"我怎么看不出这是件什么东西?"尉迟亮说:"看不懂就对了,这是我的创意:未来。"我从这人不人鬼不鬼、猿不猿兽不兽的玩意儿上怎么也看不出"未来"。

尉迟亮一副舍不得的神态说:"好好收藏吧,等我百年之后,它会价值连城。"

我说:"尉迟亮,这么珍贵的作品还是你自己留着吧,我这身体恐怕要死在你前面呢。我这辈子没啥所图,只求能住上宽敞点的房子就行了。"

尉迟亮拍拍屁股站起来,说:"好好收藏吧,这可是一笔升值的财富啊。"出门前还拥住我,心情复杂地拍拍我的背。

尉迟亮走后,天空下起了雨。尉迟亮留在茶几上的那个"未来",在雷鸣电闪的映衬下变得光怪陆离。我发觉眼前的"未来"越来越模糊。

陈州烙花店

○孙方友

烙花工艺以南阳为盛,始于清光绪年间,据野史记载,起初有人用油灯烧红的铁钎子在木板上烙制图画,受到人们的喜爱,后经匠师加工,先烙制成筷子,后发展成烙花尺子、掸子等多种产品,颇受众人欢迎。

陈州南关的罗老会,年轻时曾在南阳烙花匠师家当学徒,学成技术后,便在陈州南关开了一家店铺,专制烙花工艺品。

当初用香油灯烧铁钎烙制时,为防止灯火摇曳,工作时须将屋子门窗关闭。每逢夏季,工匠们因室内闷热,中暑患病,常常停产。罗师傅为解决这一困境,就将井拔凉水放在数个盆中,一个时辰一换,使室内降温。除此之外,他还拓宽艺术思路,从过去只能烙制简单山水、人物等小件制品,发展成能烙制以牛郎织女、伯牙访友、西厢记、红楼梦等故事为图案的坐屏、吊屏、挂屏、围屏等大型工艺品。烙制工艺日益精巧,由粗疏而精细,由凌乱而工整,由形似而逼真,色泽光润,浓淡适度,很快成了陈州一绝。

屏风之类多是官方和富豪之家用的,一般人家是用不起的。店堂内摆放的多是样品,有人前来订货,看中哪种样品,签个约,交几个定钱,十天或半月内交货或送货,一笔生意就成了。罗老会有三个儿子,在他的调教下,都成了能工巧匠。尤其是三儿子罗亮,更为出类拔萃。罗亮平常就喜爱绘画,而且善观察。如画竹、雨后竹、雪后竹、春竹和夏竹的不同,他皆能在画中展现。搞烙花这种工艺,不但是半个木匠,也要懂绘画。若有灵气,就少了匠气。罗亮就属于后一种。他制出的工艺品,不但做工精致,绘图也栩栩如生。在弟兄三人中,一下就成了"领袖人物"。

罗老会很喜欢这个"小三儿"。

可是,一般像"小三儿"这种人物,由于聪明伶俐,干什么都会出类拔萃的。这类人为才子,是才子大多风流,罗亮也不例外,再加上这罗亮长相不俗,颇招女人喜爱,所以,这就成了罗老会的一块心病。

平常,罗亮有一架莱佛牌照相机,常在外照风景,然后再根据风景创作风景画。当然,也照人物像。那时候,陈州城里的照相机还很少,尤其是像这种手提式相机,更为稀有品种。所以,相机就成了罗亮接近女性的"媒介"。

陈州大户白家的二小姐白媛媛和罗亮是初中同窗,最喜欢照相,所以,她就常请罗亮到府上为她拍照。先是在白府的后花园,白小姐摆出各种姿态,照了洗了,不过瘾,然后就发展到去户外选景:在城湖边,在太昊陵里的柏林中,一照就是一个上午。如此一来二去,两个人就产生了感情。只是对这种有伤风化的举动,许多人都看不惯。白家为名门大户,罗家只是街头串尾的手艺人,门户悬殊,这就更让人怀疑罗亮是以照相为名勾引了白小姐。对于这件事,罗老会一直很警惕。罗家虽然不是富豪人家,但也是遵守礼教的正经人家。看儿子越陷越深,罗老会就觉得这样下去肯定会对罗家不利。于是,他就开始管教罗亮。先没收了他的照相机,然后又约法三章,不得随便外出,最后还命令他的两个哥哥对其严密监视。罗亮怕惹老爹爹生气,只好收了几天心,很老实地在店里守铺子。不想他老实了,而白小姐却不知内情,还是经常派人来请罗亮。几次相请都被罗老会以各种理由婉言拒绝了,心想白小姐也该知趣了。可令他料想不到的是,有一天铺子刚开门,白媛媛竟亲自来到了烙花店。罗老会看在白府的面子上,再不好推托,只好准许罗亮去给白小姐拍照。

那一天,罗亮直到天大黑才回来。罗老会望了儿子一眼,问:"没出什么事吧?"罗亮不解地问:"会出什么事儿?"罗老会看儿子仍是执迷不悟,长叹一声说:"你这样和白小姐频繁接触,会坏掉你和她的名声的!就是今天不出事儿,明天也会出事儿!就是明天不出事儿,后天也会出事儿!年轻人,名声很重要。为了避免那白小姐再来找你,明儿个你就离开这里,先回老家躲一阵子,等她忘了这茬儿,你再回来守铺子!"罗亮听得这话,更加不解地问:"我只是给她照相,压根儿就没干什么出格之事,为什么让我做贼似的躲躲藏藏?"罗老会瞪了罗亮一眼,厉声说:"你懂什么?让你躲你就得躲!"无奈,罗亮只好遵照父命回了乡间老家。

令人料想不到的是,也就在当天夜里,一蒙面人闯进了白小姐的绣楼,将白小姐强奸了。

如此大辱,惊动白府。但为了白小姐的名声,又不便声张。根据分析,白府人的第一个反应皆猜是罗亮所为。白老太爷私下请来警察署长,要他派人秘密调查罗亮当天与小姐在一起的情况。赶巧罗亮去了乡下。为什么早不去晚不去偏偏在出事的当晚去了?是不是为掩人耳目?这一连串的疑问与巧合连白媛媛也信以为真,接着又提供了蒙面人的身高与胖瘦,也基本与罗亮吻合。

看来,此案非罗亮莫属了!

警察署悄悄派人火速赶到城东罗家大湾,将正在蒙头大睡的罗亮秘密带回了白府。

罗亮大呼冤枉!

白老太爷为保白府的声誉，让人唤来了罗老会，向他讲明了事情的前因后果。罗老会万没想到罗亮会干出此种勾当，气急败坏，当下就扇了儿子两巴掌，大骂罗亮是孽种。白老太爷劝住罗老会，说："事情已经出来，再打也晚了！现在要紧的是如何处理这件事情！"罗老会歉意地说："孽子不孝，是父母之过，一切愿听白老爷发落！"白老太爷长叹了一声说："小女自遭人凌辱之后，几次扬言要自杀，现在查明案情，小女万没想到是你家公子所为，很是伤心！几经相劝，小女已止了自杀之念，只是说自己已成了罗公子的人，就非他不嫁了！我念罗公子还年轻，所干之事可能是一念之差，好在二人年龄也相当，往日交往也不错，不如就此让他们成亲，你看如何？"罗老会自知理亏，听白老太爷如此大度，很有些意外，忙跪地深深地给白老爷磕了一个头，万分感激地说："既然白老爷不念孽子之过，我还有什么话可说？令爱不嫌罗家门头低，屈嫁罗家，可算是我罗家的造化呀！"接着，便起身怒斥罗亮说："白老爷如此大度，饶你不死，还将白小姐许配于你，还不快磕头谢恩？"不想罗亮很硬气，一口咬定此事不是自己所为，最后说："白小姐遭此不幸，我可以娶她，只是那事儿不是我干的，这事儿一定要弄清！要不，我如何做人！"看儿子犟筋，罗老会怒火又起，大骂儿子说："早就告诫你，你不听，现在到了这一步，你认也得认，不认也得认！"言毕，不顾罗亮一旁喊冤枉，立马就与白老太爷定下好期，决定半月之内，白家嫁女，罗家迎亲。

　　十多天过后，罗老会就为三儿子罗亮举办了隆重的婚礼。洞房花烛之夜，知内情的人以为新娘和新郎必有一番争吵，不料喜烛还未吹灭，二人就紧紧拥在了一起，说是热烈庆贺他们的阴谋成功。只听罗亮说："什么门户不相当，让门户之见见鬼去吧！"白媛媛娇声嗲气地嚷道："你别忘了，为此你还付出了强奸犯的代价！"罗亮笑道："那怕啥！为了爱情故，一切皆可抛！再说，知情人没几个，过几天回门，你为我冤案昭雪不就行了!"

二人婚后恩爱有加。后来,二人的"阴谋"被公开,竟成了陈州城一段佳话。再后来,白媛媛借助兄长的力量,结识了南京一位大员,将罗亮的烙花精品运到巴黎参加了万国博览会,还获了个什么奖。从那以后,他们就迁居南京,在南京城的繁华处办了个烙花艺术馆,生意很是红火。

人夫寿南山

○墨中白

乌鸦岭称制砖坯的劳力叫人夫。

人夫青松好喝酒。闻着扑面的酒香，窑匠梅娘就劝，多喝，误事。踩泥的青松嘴上答应，可壶不离身，不时摸出喝两口。

梅娘叹气，无奈地看着喝酒的青松。

见梅娘瞪着大眼望，青松伸舌把嘴角的酒汁舔干说，嫂子，好看。梅娘就夺过他的酒壶说，别喝了。青松就不再要酒，手脚并用，边拤砖坯边说，今日有酒今朝醉，砖上刻写着名字哩，治罪，跑得掉吗？

梅娘不再理他，她知道为了保证送给南京的城砖，坚硬美观，提调官吴及要求制砖时，块块都要刻写拤砖的人夫、烧砖的窑匠、验砖的甲首姓名，出了差错，好追究当事人的责任。轻扣食粮，重者杀头。

制砖坯，梅娘要亲自过问，真害怕出了差错。而青松却拎着酒壶，重复着那句话，今日有酒今朝醉，砖上刻写着名字哩，治罪，跑得掉吗？说完，连喝几口烧酒，才开始练泥。

青松把纹理细腻的上好黏土一片片地扦碎，和水后，赤脚踩泥。

练泥时，青松酒不离口，哼着曲儿，东倒西歪，在泥上来回踏踩，腾云驾雾，快活如神仙。

三壶酒喝完，泥被青松踏踩如面。

梅娘会及时夺下酒壶,青松也不再要酒,将泥搓成又长又细又黏的"胶泥条",摔、捏、握、拍、敲、抟,方砖成型,尺寸刚好,厚薄见方,软硬适度,光滑均匀,梅娘看后,才放下心来。

连验砖的孙五也夸青松的砖坯好。

青松不但砖抟得好,也快。别人一天六块砖坯,而他却能制一打。众人夫也曾悄悄买来烧酒,陪青松喝,询问其中奥妙。

酒一下肚,青松笑说,制砖坯重要的是练好泥,喝好酒才有力气踩熟泥。

有人夫就学青松,练泥也喝酒,双脚踏泥如腾云,泥没有踩熟,人却醉倒泥里。

青松听说,仰脖大口喝酒,望着梅娘笑。

梅娘也笑。

在青松的眼里,世上最好看的,是梅娘笑。

青松喜欢看梅娘笑,喜欢梅娘不让他喝酒,生气的样儿,更喜欢梅娘夺酒壶的一瞬间。青松触摸到手,感觉那手真细腻,就想伸出手握,可梅娘的手比脚下的熟泥还滑。

青松抟好砖坯,晾干入窑,梅娘烧。

青松给梅娘送烧窑的柴草,看着火光映照着梅娘的脸,就想,那红红嫩滑的脸,甲首孙五也想,窑匠和众人夫都想。

男人们说,梅娘烧的砖硬,可人却软滑得如泥哩!

青松不愿意听这话,心想,怎能把梅娘和烧砖的泥相比?每次抟砖时,想着梅娘的手,青松握泥的手就十分好捏、好拍,他感觉双手握的不是泥,滑滑的就是梅娘的手。

孙五想梅娘,梦里也摸梅娘的脸。

青松在心里骂,孙五狗日的,欺负梅娘是个寡妇,孬种。

再踩泥时,青松喝着酒,梅娘还来夺,可却看不到她脸上生气的娇样，多的是忧。

练泥的青松，就感觉脚下的泥少了往日的滑腻。

自然阴干的砖坯被装进梅娘的窑里，青松感觉心也随砖入窑，在梅娘的火烧下，一天天收紧。

看着出窑的砖，甲首孙五一块块验完，夸好，旁边的青松才放下心。

乌鸦岭的砖被集中到泗州码头上船，准备运往南京。提调官吴及却发现一块城砖上写着首打油诗：

真心制砖为的谁，是脚踏泥来回踩，昏头昏脑一整天，君把酒来问青天，一日要抟砖六块，个中味儿实难活。

——人夫寿南山

吴及读完，脸色大变，这块藏头连尾诗的城砖如被运到南京，自己不但无功，反有罪呀。吩咐连夜提审甲首孙五，问谁是人夫寿南山，孙五惊吓回答，乌鸦岭真无此人。同时对天发誓，砖是一块块验的，根本就没这块砖。

孙五说的虽是实情，可此事却不能不问，看着孙五家送来的白银，吴及只好随便找个借口定了一个罪名，暂押入牢。

孙五入狱，乌鸦岭的人拍手称快。

大家歇工，有人会问，孙五卖力验砖咋有罪呢？

也许他扣发大家粮食，被官府发觉了。

这个黑心的家伙。

四眼无人，梅娘就会生气地夺下青松手中的酒壶说，喝多酒，连老天都敢骂。

触摸着梅娘细腻的手，青松红着脸说，皇上用砖筑城，是想江山更牢，可咱们烧制城砖，日子咋却过得这般把攥着心哟。

梅娘叹气道，城墙，何时能修筑好？

青松却回答说,如是南山的松,多好,俺就可以安心看着,十年百年……

闻着青松嘴里喘出的酒香,梅娘脸也红,说叫你少喝,不听,瞧又说醉话了。

神 剪 宋

○杨小凡

　　宋御史是龙湾出的最大的官儿,传为唐开元年间御史,因为官清正被奸臣上奏误斩。皇帝后知内情,赐金头厚葬,金头御史便在药都传了下来。御史的后人均住在砚瓦池街,以经商为业,独神剪宋居于油篓巷。神剪宋乃道光年间一剪纸艺人,在药都手艺道被尊为第一。

　　神剪宋一生未婚,寓身之所仅三间海青瓦房,镂花独门小院,院门上一年四季贴一朱红纸剪的字号"远静居"。"远静居"四面楼围,视野窄短狭促,实难谈远;油篓巷身处闹市之中,昼夜人声喧哗,更难说静。"远静居"常被人猜测不透,这是题外话。神剪宋也与他的"远静居"一样让人深不可测:他极少在街面上走动,有人说,他总是在屋里不停地用那把一斤重的黑铁剪绞纸;有人说,他只有夜里才动剪子的,白天要么读书,要么看四周摆的唐宋陶器,研究先人的剪纸图案……这都是来自初来药都的外地人的传说。

　　其实,神剪宋虽然有些怪,但不难接近。早年,谁家闺女出阁,一卷红纸送过来,到出嫁那天,每件嫁妆都会贴上剪纸,或花、或鸟、或山、或水、或楼、或阁、或吉祥如意、或丹凤朝阳、或鸳鸯卧莲、或月桂飘香、或福寿万禄、或狮子绣球、或白象鹿鸣、或去龙凤虎、或龙颜凤姿、或天马行空……你有多少嫁妆,就会有多少种图案,个个生动酷肖,妙趣横生。药都大户婚嫁以有神剪宋的剪纸为荣,赏银自然不少,但神剪宋只收十两。他有个规矩,富户官家相请,动剪就是十两银子,再多也是十两银子;其他剪纸只在"朗古斋"有售,有买不起又想得他一片剪纸者,就要看他的兴致,兴致好,随手剪了,白送;没有兴致,"远静居"的门你也叩不开。

进了六十岁的神剪宋,就很少动剪了,因为很少有人能分清他徒弟樊凤祥的活儿与他的差别了。这些年,他最爱的是到德振街清风楼听戏,兴致高时,就动动剪子。这一年"泰和公丝绸庄"周老板的母亲八十大寿,在清风楼包了一个专场。因"泰和公丝绸庄"以诚为信,神剪宋就接了请帖。

这一天,神剪宋早早地被周老板的轿子接到清风楼的包厢。周老板来到神剪宋的包厢问好时,见那黑铁的大剪放在了一张石榴红红纸上,高兴得整个脸都笑了起来。戏开场了,是清风楼最叫座的"郭子仪上寿"。锣鼓声起,在大包厢中的周家几十号人停了欢歌笑语。好戏光景短,转眼间大戏谢幕,清风楼大灯全亮,大包厢内欢笑声又起。当管家把剪纸用大托盘送到大包厢时,人声立寂。只见:郭家大院楼阁森然,花鲜树茂,鸟鸣水潺;文武百官六十六人或坐、或拜、或拱、或揖,散落大院;七子八婿笑在眼上、脸上、身上、嘴边、眉间,或跪于堂内,或立于堂内;左上角另有扶老携幼各色看热闹之人一片,或羡、或惊、或喜、或叹,生人一般。周老太太一一数来,正好有大吉之数九十九人……

神剪宋被周家簇拥着走出清风楼之时,迎面碰上西门大街富少柳少儒。柳自少恃富而横行于药都,看人总是向上别吊着左眼,久而成习,药都人送其外号——柳眼子。柳少儒一见神剪宋这般势子很是不悦,左眼向上一吊,"也算了人物!"神剪宋微微一笑,上了轿子。

第二天,药都都在贱卖神剪宋剪的小人儿。这天上午,睡足了神的柳少儒在六个家丁的前呼后拥下，来到了西河滩闹市。见货郎正沿街叫卖小人儿，要了一个，只瞅了一眼，便一挥手："全买了！"手下人不解，"大少爷，买纸人干吗？""蠢驴！你看这是谁？""这，这……"手下人还要还嘴，柳少儒甩手给他一个巴掌，"别说身子了，就凭这眼神……"

一街的纸人儿，柳少儒能买完吗？不能。柳少儒只得托周大秀才出面请神剪宋听戏，了事。后来，神剪宋停了手。可此事一直传到今天，小纸人儿也卖到今天。

我的心和你们一样大

○安庆

　　在一个民间艺术节上,来自山区的王小丫从上百名剪纸参赛者中脱颖而出,尤其一幅"心"的剪纸,以构图生动新颖抓住了评委和观众的心。组委会宣读了颁奖词,向她颁发了"民间剪纸艺术冠军"的大红证书。刹那间,众多的镜头对准她,台下的掌声此起彼伏。站在颁奖台上的王小丫淳朴、秀气、落落大方。但又有几分不大自在,脸上飞起红晕。观众强烈地要求王小丫现场献艺,组委会已经让服务员把纸和剪刀拿到台上,电视台做好了直播的准备,王小丫显出几分犹豫,台下情绪高昂,掌声再次响起。掌声落下后,王小丫忽然接过话筒,抬起头,先向观众深鞠一躬。她说:对不起,我向你们道歉,我也向为我颁奖的领导、专家和以为我是真的王小丫的观众道歉。在场的人都被她的这句话说愣了。台上的王小丫整整衣裳,说:我给你们讲一个故事,其实,这幅剪纸出自一位袖珍姑娘,她只有不足一米的身材,今年二十三岁,我们住在海拔两千米的大山深处;她自强不息,靠自学学完了高中课程,读过很多名著,天资聪慧,但由于身体的缺陷一直不敢走出大山;她的剪纸每一次都是我带着出去参赛,代她领奖;或者说,我就是王小丫的替身,现在我请你们原谅我。然后,她又压低声音:这次在我强烈的要求下,她和我一起来了,因为我预感到她会获奖,她住在一家

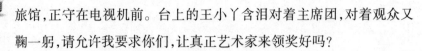

旅馆,正守在电视机前。台上的王小丫含泪对着主席团,对着观众又鞠一躬,请允许我要求你们,让真正艺术家来领奖好吗?

台下一片哗动,接着是一阵掌声。

二十分钟后,袖珍女孩王小丫在记者和观众的簇拥下被接到现场。站到台上,远远看去就像一个小孩儿,在特写镜头里眼睛单纯、明亮,小手纤细,有着山里女孩的清纯和羞涩。她惊愕地看着台下的观众和面前的镜头,激动得说不出话。众多的镜头对着她。她的说话声透着颤音,我现在就开始剪吧!台下出奇的静,话筒里传出沙沙沙蚕吃桑叶的剪纸声,一刻钟后,又一幅"心"图完成。她指着"心",又指指自己的胸口,用带着艮音的话说:用这幅图我想告诉你们,我先天残疾,但我的心和你们和世界上所有的心一样大!又一阵掌声。似乎受了掌声的鼓励,真正的王小丫继续说下去:我还要告诉大家,我一直在用感恩的心学习剪纸。她拉住刚才站在台上领奖的女子,说:这是我姐,她的真名叫王小梅。二十年前,我被我的家人抛弃,是我们的娘把我抱到了家里,抱到了大山深处。我从小和姐姐相依为命,娘有一手出色的剪纸,她手把手地教我,家里的粗活让姐姐干,我想读书,母亲把我送到相隔十几里地的学校,怕人欺负我,娘在学校守着我,每天放学再把我背回家。后来我在家自学高中课程,娘千方百计给我找书,娘后来终于累倒,一次在山上采药滑下山,一条腿毁了,她就在床上手把手地教我。多年来,我一直以感恩的心在学剪纸。娘行动不便,照顾我和上山采药的事就交给了姐姐,姐姐为了我一直推迟自己的婚姻,为了我的剪纸艺术,一次次代我出来参赛,每次得奖她就急急地把电话打到村里,把消息告诉我和娘。这次姐姐一定要我过来,要我露面,说我再不露面,以后再也不替我出来参赛。我能长在这个家庭,真是太幸运太幸福了。王小丫哭了,她说:有这么好的娘,这么好的姐姐,娘教我这么好的剪纸,我真的应该感恩。她抱住姐姐,姐妹俩紧紧

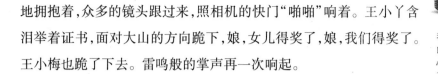

地拥抱着,众多的镜头跟过来,照相机的快门"啪啪"响着。王小丫含泪举着证书,面对大山的方向跪下,娘,女儿得奖了,娘,我们得奖了。王小梅也跪了下去。雷鸣般的掌声再一次响起。

绝　技

○柳海雪

　　石匠肖三是苏鲁豫皖四省交界有名的石匠,手艺祖传。据说他祖上参与过凤阳明祖陵的修建。他的手艺到他这辈更是炉火纯青,精湛绝伦。这么说吧,远处听他做活儿,激越时大锤似琴师击鼓,咚咚如雷;婉转时小凿如悲女拖腔,凄凄切切。近处看他做活儿,慢时似绣女走针,描龙绣凤;快时如拳师打擂,眼花缭乱。他家的酒壶、酒杯、茶壶、茶碗没有瓷器,一概出自他手下的石料。至于乡里刻碑锻磨,在他眼里是些小活儿,不够徒弟们做的。

　　小鬼子投降那年,家乡大旱,赤地千里,饿殍满道,再加上"刮民党"到处抢粮食、拉壮丁,肖石匠家也和乡邻一样,断了生计。可是县里边靠儿子做接收大员发了大财的财主秦百万偏偏要修祖坟,那用意很明显:灾年工贱。秦百万还放出了话:非苏鲁豫皖交界坐头三把交椅的石匠不用,用谁,还得先看手艺。秦百万仗着有俩臭钱,恨不得让鲁班再生,做他家的匠人。

　　看手艺那天,四省交界三十多县的石匠头儿来了上百。肖石匠本不想凑那个热闹,但想到去了能救活手下几十口徒子徒孙,手艺也有了传人,还是勉强去了。

　　经过三天的角逐,最后只剩下了三人。三人当中一个是山东的,姓滕,名已不可考。一个是河南的,姓商,名亦不可考。最后一个就是肖三了,他家住皖北。

"你有什么好活儿? 拿出来见识见识。"秦百万端坐在太师椅上品着新茶,慢条斯理地对山东人说。

山东人从怀里掏出的是一根石链,长约三米。那石链加工精细,难能可贵的倒不是它的做工,而是加工它用的是一根长条石料。石链每环只有铜钱大小,整齐划一,能屈能伸,能盘能折,抖动时哗哗作响。

秦百万看了石链先是双眼一亮,接着"嗯"了一声,不置可否:"歇着听回话儿吧。"

河南人从家什包里掏出的是一个算盘,棕色。粗看那算盘与枣木的无异,只是更亮,手掂时才知用的亦是石料。那算盘奇就奇在用料也是一块整石,而且珠子能拨,拨时丁当作响,如珠落玉盘。

秦百万看了石算盘两眼仍是一亮,然后"哦"了一声:"也一边歇着,等听回话儿吧。"亦不置可否。

肖三出场的时候并不动手。徒弟帮他搬来的是一只木箱。令人叫绝的是,那木箱的锁环锁扣不是铜铁做的,竟是石头。当打开那木箱的时候,满堂的绅士、财主、石工、跑堂竟呆了。那箱里装的是一只石鸟笼。鸟笼里有一褐色画眉,一只水盅。鸟笼、鸟、水盅都是用一块整石雕的。当肖三把那鸟笼放置风口处,那鸟竟"啾啾"地叫了起来,好听,像打开了八音盒一般。

"好!"秦百万大叫一声站了起来,两只眼球竟死了一般不能转动,要不是下人喊了一声"东家",怕秦百万要站死在鸟笼旁边,成为木桩。

苏鲁豫皖四省交界的几帮顶尖石匠尽被秦百万招用。秦百万的祖坟修了三年。要不是已听得到解放大军的隆隆炮响,秦百万还没有竣工的意思。他的事儿多了,不是这只石马的脸长,就是那只石牛的

腿短,老得返工。

当最后的工程——牌坊揭下红布的时候,解放大军已解放了县城。收工宴那晚,秦百万专给三石匠上了好酒,尊为上宾,至于他们徒弟徒孙,只配偏桌坐着。

秦百万问山东滕石匠说:"活儿你们干得没啥说的,师傅,你能否做得更好?"

滕石匠说:"能,好无尽头嘛。"秦百万"唔"了一声。

秦百万问河南的商石匠:"师傅,你呢?"

商石匠说:"好无止境,我也能。"秦百万同样"唔"了一声。

秦百万把脸转向肖三问:"肖师傅,你就不用说了吧?"

肖三说:"我怎能不说,我的好活儿还想留到改朝换代之后呢!"

秦百万听了,没说什么,只是给三人劝酒。

三个月以后,三石匠都死了。原来秦百万那老狗日的给三石匠喝的是慢性毒酒。他怕三石匠再被人用,他更怕别人的祖坟建造工艺超过他家。

后人常常到秦百万祖坟上去看。秦坟成了景点。不过他们看的都是石匠们的绝技,秦百万的家世早被人丢到了脑后。令人不解的是,经过风吹日晒,第二年石坊前石狮子前爪下的绣球竟现出了秦百万的狗头狗脸。那狗嘴还是上唇短、下唇长偷咬人的那种。时间愈久刻纹愈深,时间愈长鼻眼愈像。知底儿的人说:

"那活儿出自肖三之手,他用的斧凿是日月风雨!"

染　坊

◎墨白

染坊的老八,手是蓝色的。染坊就在我们家西边,没事的时候我常常到染坊里去玩。染坊的锅台很高,我站在锅台边踮着脚还看不到锅底。染坊里来一个村姑,递上一个布牌,老八就用他那双蓝色的手在小山似的蓝布里一个一个对。布牌是竹子做的,在破开之前两面都刻上字号,然后一边钻上一个眼儿,分别系上一根细绳子,公的系在要染的白布上,母的呢,就由布的主人拿着。领布时公母对到一块儿,竹丝合缝,看不出一点破裂的痕迹。母亲常常把我们家的土白布送到老八的染坊里去。但是母亲要织花布,用的线就不送,自己染。母亲到供销社里买来几样色,朱砂、空青、石黄、靛蓝……在自家的铁锅里一拐子一拐子地染。线也是自家纺的,母亲的纺车就放在堂屋的山墙下,母亲纺出来的线又细又均匀。夜间醒来,母亲的纺车仍在嗯——嗯——地响。我迷迷瞪瞪地叫一句,妈,睡吧。妈说,你睡。等又被尿憋醒的时候,母亲的纺车仍在嗯——嗯——地响。纺好的线团肚子粗两头尖,一个个码在那儿,白白的耀眼,即使夜间屋里也会亮堂堂的。母亲把染好的线一拐子一拐子地晾在外边的绳子上,红红绿绿,真好看。我从来没有见过染坊的老八染过这种线。线染好了,就把一色一色的彩线缠到竹筒上。一切准备好后,就要上机织布了。母亲每次上土机织布都要选一个黄道吉日,烧上香,跪在堂屋的方桌前磕头。给谁烧香?给谁磕头?不知道。不知道也不敢问,很神秘。一直到现在我也没有弄明白母亲那时敬的是哪一路神仙。开机了,母亲整日坐在织布机上,枣核形的梭子从右手里飞出去,穿过两排稠密的经线,只见母亲脚下一用力,就听呱咚一声布机响;纬线就和经线织在了一起。只是一瞬之间,那梭子又从母亲的左手里飞出来,又听呱咚一声响……那声音一直响下去,花布就一寸一寸地圈粗了。等取下来的时候,那布就能用了。母亲织出的花布手感特别好,摸上去粗粗的,心痒。我们那儿的好多女人都会织这种花布。有的织成花手巾,上街赶集的时候,顶在头上,一街的灿烂。

但织出的白布就不行,还得送到染坊里去染。大多是秋季,要添棉衣了,村姑的篮子里就多了一卷粗布,粗布是白色的。她们赶完集就要拐到镇子东街来,供销社开的染坊就在那儿。一有女人来到染坊里,老八的眼睛就亮了。他忙着拿秤给女人称白布的重量,然后往一个小本上记着。实际上老八并不识几个字,只在耕读里念过半年书,但是老八却好往本子上记人家的名字。叫个啥?老八看着面前站着的女人,很有学问地说。女人说,老捏。老八看着那个女人,抬手挠挠头皮说,咋叫这个名字?那个捏字他不会写。女人就呵呵地笑了,说,让我看看,让我看看你写的啥?老八的脸红得像块布,就把本子藏在背后。等那个女人走后,他就在那个老字后面画上两个手指头。两个手指头放在一起就是捏。染坊的门前一拉溜栽有五对高大的杉木桄子,每对杉木桄子上都横着一根同样粗细的杉木。老八是个大高个,不光胳膊长,腿也长。每当看到染坊的门头上冒出蒸汽,那就是染好的布出锅了。染布的锅很大。后来我读鲁迅的《铸剑》,就想到了那口染布的锅,当然鼎和铁锅是不同的。老八站在大锅前,用一根竹竿把锅里的布一搭一搭地码在凳子两头。那凳子有三米长,很高,和老八齐胸。两头的布匹搭满了，老八就来到凳子前，一弯腰，凳子就拿起来了，老八一手拿着竹竿一手扶着凳子就出了门，大街上一路滴着蓝色的水珠，老八腿下的深腰胶鞋一路喳喳地往河道里响去。来到河道里，他把长凳放到水里去，用竹竿扯下一搭布，刷——刷——在河里摆，节奏分明，具有乐感。一搭一搭地摆，洗下的蓝色在河面上淌出几道弯弯曲曲的长线，像莫奈笔下的印象派。老八扛着长凳回到染坊门前，用一根更长的竹竿又一搭一搭地把布搭到杉木桄子上去。太阳升到头顶的时候，蓝得像海水一样的布匹已经搭满了一街，阳光下一闪一闪，微风中一荡一荡。如果张艺谋见了，这小子一准会再来一出《蓝色的海洋高高挂》。

纺车和土布机子二十多前就在我们那里消失了，现在已经没有人穿土布了，所以染坊也就没有存在的理由了。前年我回老家时还见过老八一面。使我感到吃惊的是，老八穿的还是一身蓝，土布，当年自己染的。老八的腰驼得很厉害，我几乎看不到他的脸。但他那只提篮子的手我一眼就认出来了，那手仍旧是蓝色的。老八是一个例外。多年以来，老八手上的颜色为什么一直都没有洗净过？我想，或许那蓝色早已渗到他的肌肉和血液里去了。

不翼而飞的填水脚

○黄东明

清嘉庆年间,有个姓魏的贡生,花去一大半家业,终于买得绵竹知县一职。于是,一上任,他便急急盘算着如何大捞一笔。

可这绵竹,唯一的财源就是绵竹年画。绵竹年画声名远扬,其精品被王公大臣竞相收藏。因此魏知县一到任,就四处寻访绘制绵竹年画的绝顶高人。

没两天,还真来了一姓刘的瘦小老头。听说他前年有一张年画竟卖到一千两的天价。

绵竹年画自古有个不成文的规矩:画师在主人家作画,到晚上收工时,颜料如有少量剩余,一般画师会用这颜料随便画上几笔,走时带出去换点钱贴补家用。可别小看这随便几笔,若是功底深厚的画师,那寥寥几下,很可能就是神来之笔。这就是绵竹年画中最具特色的填水脚。刘老头那张卖了一千两银子的年画,就是这样一张填水脚。

不过,这填水脚一般属于画师,主人家也不好去讨要。所以,魏知县从刘老头开始作画那天起,便以不准人去打扰刘老头作画为名,命衙役守好大门,不准任何人进出后院,这样刘老头就带不走一张填水脚了。等他完工离开时,再随便找个借口,将那些填水脚全部扣留。

一晃,一个月过去了,刘老头结完工钱离开时,竟非常配合,不但

让魏知县检查了所有行李,还主动解开衣衫,让魏知县确定他什么都没带走。

等刘老头一走,魏知县急忙推开后院那间专供刘老头作画的小屋,进去一看,却傻了眼。屋里除了那百来张按规定为县衙画的年画外,竟一张填水脚都没有。衙役们一口咬定,没放一个人进来,刘老头这些日子也从没出门一步。

魏知县想了好半天,也没想出那些本该属于他的填水脚怎么会不翼而飞。就在这时,魏知县八岁的儿子蹦蹦跳跳地跑进了后院,扯住他的衣袖说:"爹爹,我们一起来玩纸鸢。"

"纸鸢?"魏知县眼珠子骨碌碌一阵乱转,突然狠狠抓住儿子的肩膀,"谁教你玩纸鸢的?"儿子被他这一抓,吓得哇哇大哭道,是那个画画的老爷爷教的。

魏知县已经明白那些填水脚的去向了,又不甘心地问起儿子:"那些纸鸢呢?"

儿子顺手朝周围的高墙一指,说:"都飞到那边去了。飞过去后,爷爷叫我别哭,说他再给我做一个。可做好后,没一会儿,又飞过去了,我就让他又做……"

魏知县一听,顿时气得瘫坐在地:自己千算万算,竟没算过这只老狐狸。刘老头肯定早叫人在墙那边接应,那些填水脚就这样被转移走了。魏知县大吼道:"来人哪,去把那刘老头给我抓回来,往死里打!"

还没等衙役们行动,魏知县的儿子已接过话说:"爹爹,老爷爷走之前,给了我一张年画,叫我等他走后再交给爹爹。"说完跑回屋,拿出一张画来。

魏知县抢过画,只看了一眼,就气昏了过去。

原来,刘老头画的是一只干瘪的老鼠戴着一顶乌纱帽,正咬牙切齿地大叫——我是一只愚蠢的硕鼠!

皮 影 王

○宗利华

　　做皮影道具最好的原料是驴皮。选料是第一关,皮子厚薄要均匀,要有韧性。选好了,开始展压,压得平整光洁,这方才去刻。刻是要见功底的,人物躯干形象应早在你脑子里,一刀一笔,都要恰到好处。刻罢,雏形有了。这时,再压平整,一个平面人物形象就出现了。但这还不成,下个环节是上釉,加色。人物性格,需要用彩来体现。最后,才设置牵线、架杆儿。一个道具就算完成了。但,这仍是死的,要让它在幕布上活灵活现,还得要靠艺人的那双手。

　　小镇上的皮影张就有这么一双灵巧的手。

　　皮影张也许是真的姓张,叫什么,却完全没人知道。于大家来说,这本无所谓。大家都知道那有点驼背、瘦骨嶙峋、一脸严肃的幕后戏子叫皮影张。这足够了。

　　皮影张在小镇一角把行头一摆,叮叮当当小锣儿一敲,人们就三三两两拢过去了。人愈多,小锣也愈欢快。蓦地一下,戛然而止!人物登场了,《劈山救母》、《哪吒闹海》、《三打白骨精》……当然也还有现代戏,《王小赶脚》。哪一部是不精彩的呢?大家仰了头,静静去看,一瞬就被吸进去了。再瞧,憨态出来了。有人笑出涎来,拿手一抹,暴叫一声,好!演完了,皮影张的那张脸才从后面转来,手一拱,并不多话。大家便将手伸进兜里,掏钱。不掏,也不计较。

　　其中有个传说,未知其真假,去问皮影张,他也只含笑不语。据说,当地一帮子土匪,烧杀抢掠,坏事干尽。解放军想一举捣毁他们,却苦于其神出鬼没。皮影张主动请缨,深入了匪营,表演他的拿手好戏,所有土匪都被那皮影戏吸引过去。待解放军冲进把他们包围,一场戏恰恰演完,土匪们正山呼叫好。解放军竟没费一枪一弹。

　　皮影张再次引起关注,就到了"文革"。大家突然发现,和皮影张一起被斗的,竟还有一个奇丑无比的女子。而且,大家这才得知,那皮影幕后的千变万化之声,竟只出自这一丑女之口!"文革"过后,皮影张就在人们的视线中逐渐消失了。他损失惨重,右手被小将敲去了四根手指。当然,于他来说,这还不是最惨重的。那个丑女人被折腾得受不了,自杀了!

　　事情往往如此,审视一件自己未曾参与的事,不过就象看一场皮影戏。看罢了,激动一番,也就过去了。时间把一切都打磨得平平淡淡。现在的年轻人,谁还记得一个摆弄皮影的人呢?那种节奏于他们来说,太遥远,也太缓慢。他们上网,搞网恋。或者,戴着耳机,听着迈克尔·杰克逊,在熙熙攘攘的人群中,快乐地扭动屁股。所以,当皮影戏和现代歌舞两场表演同时出现在这座小城一隅时,年轻人有理由选择后者。但上了年纪的,都闻讯背抄马扎,涌进那个演皮影戏的帐篷。

　　大家都很激动,多年前的那个皮影张又回来了!

　　演的,是《霸王别姬》。

　　老人们觉得这戏有点凄美悱恻,不似皮影张年轻时的风格。虞姬和项羽的伴音分明是出自一人之口。而且,那声音显然已缺了低气,满了沧桑。

　　大家都叹息,老了,老了呵!

　　但大家都被那流淌着的情韵吸引进去了。

故事的高潮出现在虞姬拔剑自刎的那一瞬,宝剑仓朗朗坠地,同时,又听"噗"的一声,那洁白的幕布上,竟洒满了斑斑点点的鲜红血滴! 大家伙儿俱是一愣,迅疾爆出一阵掌声,那简直太逼真了! 然而,掌声很快就歇了,幕布后面长久的寂然无声让大家感到了不详。他们纷纷转至幕后,都呆住!

只见一个鹤瘦身影颓然地倒在一张轮椅上,他的左手和两只脚上依然还绑缚着操纵皮影的架杆儿……

此时,帐外的另一场表演也到了高潮。

有个嘶哑的声音吼叫着,传来荡去:我的爱,赤裸裸! 我的爱——赤裸裸!

水 跛 子

○执手相看

　　水跛子入围桑城社会名流,不是因为他左脚残疾,走路高低起伏,而是与他的手艺有关。

　　水跛子的手艺是剃头。

　　水跛子天生不是跛子。七岁那年,突然害了一种病,高烧不退,胡言乱语。几经折腾,命是保住了,腿却跛了。怕他日后不好混饭,十三岁的时候,父亲就弄他到理发店学手艺。那时的理发程序,包括理、剪、剃、刮、捏、拿、捶、按、掏、剔等,比现在复杂得多。且有"未学剃头,先学剃刀"的说法。在师傅的指教下,水跛子先是苦练了几个月的"摇手"功夫,然后用剃刀在自己的手、脚上反复试刮,直到刮无疼痛为止。独立操刀半年,其剃头功夫竟远远超过了师傅。

　　水跛子剃头,先是把剃刀在牛皮上来回晃荡几下,然后用拇指在刀口轻轻一刮,觉得锋利了,才进入正题。接下来手腕扭动,刀在头皮上游走,似微风吹过,发出沙沙沙的蚕食声,极具催眠效果,让人很快就进入了梦乡。等一套程序结束,顾客顿感耳聪目明,浑身轻松。一摸脑袋,葫芦瓢抹了清油一样光滑,苍蝇都无法立足。

　　那时剃一个头五毛钱,但人们收入都不高,剃头可以减少理发的次数,能省则省。所以,剃头的人多。理发店是自收自支的集体单位,

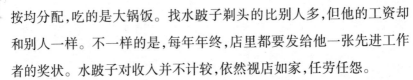

按均分配,吃的是大锅饭。找水跛子剃头的比别人多,但他的工资却和别人一样。不一样的是,每年年终,店里都要发给他一张先进工作者的奖状。水跛子对收入并不计较,依然视店如家,任劳任怨。

上世纪八十年代,理发店解体。水跛子别无专长,就开了家个体理发店,收费涨到了两元,但收入却并不怎么好。原因是,人们不知道中了啥邪,突然喜留长发了。水跛子的同行与时俱进,把理发店改成了美发中心,主营剪、卷、烫、染、削、拉等新业务。票子流水一样,哗哗哗地流进腰包。

你咋不那么干呢?李老问水跛子。

化学药品,伤皮毛。再说,胡乱抓挠几下,就收二三十元,抵农民卖头小猪,昧良心啦!

水跛子嘴上这样说,其实是担心自己年纪大了,学不好那些玩意儿。当然,就算学好了,也很少有人来找一个老头子洗发的。

1987 年,也就是水跛子六十岁的时候,店里开始入不敷出。无奈之下,水跛子一声叹息,收拾起那套跟了他几十年的工具,关门停业,成了无所事事的闲人,到处看别人下象棋打发日子。

水跛子老婆阿兰,年轻时候,也算得上桑城的一朵花。要不是家里穷,有点残疾,永远也不可能插在他这堆牛粪上。可阿兰的肚子就像漏气的皮球,怎么打气也鼓胀不起来。到桑城医院看了,吃了多年的药,依然还是漏气。后来去了更大的医院,说天生无法怀孕。不久,阿兰死于车祸。不孝有三,无后为大,断了香火,水跛子觉得愧对先人,但也只能望天兴叹。当他知道刘爪爪能治愈不孕症时,肠子把把儿都悔青了。心想,咋就没在老婆死前遇到刘爪爪呢?自己已七老八十了,遇到刘爪爪也没用啦!

水跛子一个人闲得有些无聊。同时断了收入,手里也越来越紧巴。可社区安排他去敬老院时,他一听就火了,说,我有脚有手的,凭啥?!

水跛子逐渐被人们遗忘。但不久,却因为给李老剃头,再度成为桑城街谈巷议的热点人物。

李老博古通今,写得一手好字和古诗词。但新中国成立前系国民党高官,投诚后一直隐居桑城,从不敢声张。直到"文革"结束,政治发生变化,方敢彰显才华,深得书法、诗词界同行敬重。其一百岁生日那天,外地几个号称国学大师的大学教授,身着长衫、手挎书篮前来拜寿,见面就行五体投地大礼。李老一时性起,马步一蹬,凝神定气,挥毫泼墨,现场赋《百岁感怀》古体诗一首:

奢望人生百岁过,今日百岁又如何?

才低倚马新思少,技拙雕虫旧样多。

搔手乍惊锋退笔,怆怀难靖海扬波。

校雠本是吾家事,滴露研末细琢磨。

诗意隽永,字迹古朴苍劲,在场的同行和地方官员,无不拍手惊叹。叹毕,看李老,马步依然,久久不动,过去一探鼻息,才发现人已驾鹤西去。

地方政府为做出重视文化的样子,决定厚葬李老。但却找不到给李老剃头的人。去了许多发廊,都说只会洗,不会剃。还说,就算会,也不想给死人剃头,怕晚上睡不着觉。

桑城习惯,人死了,都要剃头。据说是不剃,就投不了胎。入土前,要净身更衣,更要剃头。《周公解梦》有言:梦见给别人剃头,会遭受损失。所以除了死者家人,谁都不愿意给死人剃头。但李老孑然一身,没有家人。

找水跛子。有人说。

他还在?

在,昨天还在公园看下象棋。

听说是给死人剃头，水跛子直摇脑袋。

钱你随便开个价。

水跛子还是摇头，说不是钱的问题。

看来李老无法投胎啦！来人无可奈何地叹道。

李老？哪个李老？水跛子突然一把拉住来人，问道。

还有哪个李老，作诗写字那个。

等一下，我去！

事毕，水跛子死活都不要钱。

少了？

不是。

再加三百。有领导当场表态。

水跛子眼一横，把钱扔在地上，哼了一声，高低起伏地走了。

从那以后水跛子不再给死人剃头。

不久，一富豪车祸身亡，叫水跛子剃头。先是许以重金，不干。后是拳打脚踢，还是不干。最后是跪下来哀求，依然不干，袖子一甩，看下象棋去了。

再后来，一官员父亲过世。官员家人都怕接触死人，就叫人去请水跛子。

水跛子门也不开，说手抽筋，剃不了！

摆啥臭架子？在桑城还没有我喊不动的人！领导很不高兴，就亲自前往。敲了半天门，都没反应。问邻居，说肯定在家。再敲，依然没反应。推门，门却没关。进屋一看，见水跛子端坐椅子上面，脑袋光光溜溜的。左边的茶几上，一套剃头的行头摆放得整整齐齐。花白干枯的头发，散落一地。

喊水跛子，没应声。手挨近鼻子一探，才发现，人，早已断气。

发　痴

○赵淑萍

　　小巷深处,有一家理发店。门还是老式的木板,那墙已蚀迹斑斑。春天,墙上的绿藤缀几朵嫩黄的花。秋阳下,狗儿慵懒地摸着眼睛,偶有几片叶子枯蝶一样落在檐前。年轻人是不上这个理发店理发的。那个年老的理发师,只给一些上年纪的男人或小孩理发,现在不断翻新的发式,他大概也不会吧。

　　生意不咸不淡,一到下午,他就把门一关,谁也不知道他在里面做什么。

　　人们叫他"发痴",意即他一见头发就痴迷。发痴年轻的时候是一个英俊的小伙子,话不多,一操起梳子和剪子,就来了精神。他修理几下,就往镜子里看一阵。大体完成后,他会猫着腰,和主顾面对面,凝视着他(她)的头发,那目光就像审视自己的一件雕刻或绘画作品,目光冷峻而挑剔。他精细到对任何一根发丝都不肯放过。最后,倒是主顾坐不住了。"你快点儿,这样已经蛮好了。"顾客催他。从他店里出来,人人都焕然一新,神采奕奕。"发痴"的外号也就那样取出来了。理发店旁边是个中学,一些老师常到他这里理发。一位老师还建议这个店挂个招牌:一丝不苟。发痴没当一回事儿。

　　"文革"开始了,造反派们来撺掇他,要他带上剪子去给挨批的老

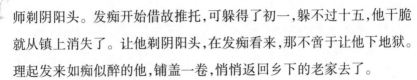

师剃阴阳头。发痴开始借故推托,可躲得了初一,躲不过十五,他干脆就从镇上消失了。让他剃阴阳头,在发痴看来,那不啻于让他下地狱。理起发来如痴似醉的他,铺盖一卷,悄悄返回乡下的老家去了。

后来,"文革"结束,发痴回来了,不是一个人,还带来一个水灵水灵的女人和一个男孩。男孩长得像母亲,清清秀秀。发痴躲到乡下去,结果,一个上海知青给他做了老婆。上海女人白净、优雅。发痴是很疼她的,什么活都不让她沾手,甚至女人要帮忙给主顾洗头,他都不肯,唯恐她白嫩纤细的手指会粗糙、肿大。他每天清早生炉子,不让女人接近,等烟散了,水开了,他才让她灌灌开水,同时看住孩子。他们的生意非常好,可晚饭后,发痴就绝不营业,而且关上大门。"他们在做什么呢?"人们交换着疑惑的眼神。

有一天,一个厚脸皮的光棍透过门的缝隙往里张望。他看见发痴正在给他的女人盘头。那女人穿着雅致的旗袍,发痴不仅给她盘高高的春山一样的髻,还给她修眉。消息马上传开了。"怪不得,那女人的眉毛弯弯的,细细的,像裁出来的一样。"女人们满怀羡慕地说。发痴的女人一露面,还是平常的发式,穿着平常的衣裳,那旗袍,怕是只穿给男人和她自己看的。

接着,政策下来了,知青可以回城了。发痴的女人,在家又是独女。"把你老婆看住,别让他跑了。"发痴在理发时,好多位主顾提醒他。

发痴的女人还是回上海了,是发痴主动提出离婚。发痴很爱孩子,上海女人把孩子留给了他。父子俩相依为命。那孩子也真乖,他父亲理发,他就一个人在理发店里看小人书或在一个竹匾里玩弹珠。

孩子中学毕业,成绩出众。发痴咬咬牙,把他送往上海他母亲那里去。毕竟,大城市里的教育质量更好。

发痴成了单身汉。他的话更少了。不知从什么时候起,发痴再也

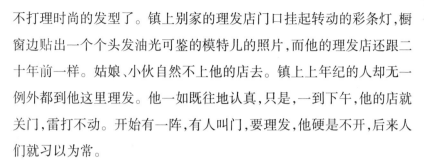

不打理时尚的发型了。镇上别家的理发店门口挂起转动的彩条灯,橱窗边贴出一个个头发油光可鉴的模特儿的照片,而他的理发店还跟二十年前一样。姑娘、小伙自然不上他的店去。镇上上年纪的人却无一例外都到他这里理发。他一如既往地认真,只是,一到下午,他的店就关门,雷打不动。开始有一阵,有人叫门,要理发,他硬是不开,后来人们就习以为常。

人们猜疑,发痴关门,一个人在里边做些什么?门内没有什么响动,傍晚,门开了,发痴站到街头,望那逐渐亮出来的星星。月亮升起来了,他蹲在地上,眼神痴痴的,好像胸中就只有一个月亮,街巷的一切都与他无关。

一天下午,一个小男孩的一颗弹珠滚进了他木门槛下的缝道里。孩子伸手去捡,却捡不到。那可是一颗嵌着花纹的弹珠,小男孩大声地叫着,几乎带了哭腔。发痴竟然心软,破例来开门,还带他进去一起找。

这时,小男孩看到了那一幕:发痴的屋里居然有一个新式的头模,那上面是盘了一半的头发。那个发式,非常漂亮,就像新婚嫁娘的那一种。旁边还放着一朵娟质的红玫瑰,还有许多发夹。

孩子回家后,比画着把看到的情景讲给他母亲听。旁边的祖母悠悠地开了腔:“当初,他就是那样给上海女人盘头的。”祖母还说:“发痴要推出这样的发型,生意肯定热火。唉,放走了女人,他落得一场空啊。”

高 连 鹏

○陈茂智

    高连鹏早先是走村串户担剃头挑子的理发匠,进城开店也不过二十多年的光景,却置下了一份颇丰厚的家业。

    "剃头挑子一头热"说的就是高连鹏原来做的活计。那个时候,高连鹏还很年轻,一根枣木扁担担一副剃头挑子,矮一点的是木箱子,高一点的是木架子。

    木箱子装理发用的全套行头,同时也是客人的坐椅;木架子下面是火炉子,上面搁脸盆,顶上挂毛巾、磨刀布,还放肥皂盒。顺街巷一吆喝,自然屁股后面就跟上来一溜儿鼻涕娃。在村中央宽阔空坪,挑子一落地,先从木箱子里把装满理发家什的柳条夹篮提出来,把劈得整整齐齐的柴块子拿出来,扔一块在火炉子里,噼啪一声就有火苗子伸出来,将铁脸盆里添上一瓢水,生意就开了张。

    高连鹏担剃头挑子走村巷理发时,出过一次笑话。这个笑话,让他娶了一个好女人,也因为这个好女人,方有后来高连鹏这份丰厚的家业。

    那一次,高连鹏是出师后第一回到石榴村理发。石榴村人少,也就十来户人家,一般理发都是走出来自己去找师傅。那天不知怎么高连鹏就担了挑子去,生意竟出奇地好。你想想,一个那么偏僻的小寨子，谁有空闲走几十里山路出山外专门去理个发。高连鹏的到来，把一个寨子都欢腾开了，所有的男人都争相前来理发。寨子里的人就像平时打野猪分肉，拈了阄按先后顺序一户一户来。

拈到头阄的就是高连鹏的老婆，那时她的小名叫大妹。她父母早亡，家里就一个要理发的，是他弟弟，刚好七岁。他弟弟却是个瘌痢头，头发好像生下来就没理过，长得看不出瘌痢，脏得却比瘌痢还恶心。开始寨子里很多人不乐意，要求把她弟弟排到末尾，但她死活不答应。后来寨子里主事的老者出面，也支持她，说寨子里天大的事从来都是这样定的，阄下无怨，谁都不能坏了规矩！大家这才作罢，高连鹏也只得按照规矩从瘌痢头开始一家一家地忙活。瘌痢头却死活不让理，大妹叫几个男人把弟弟绑了，但他拼了性命就是不肯，把那几个人的脸都抓破了。大妹很恼火，骂她弟弟说："小瘌子，今天你不听话，晚上就不准你跟我睡，也不准你吃奶奶！"小瘌子这才怕了，乖乖地坐在木箱子上。

聚在空坪里的人很久才回过味来，顿时轰地一声哄笑，大妹也醒悟过来，捂着羞红的脸，颠着胸前两个饱胀的大乳房跑开了。大妹跑了，大伙就拿正在理发的小瘌子逗乐，问他吃着姐姐的奶没，小瘌子知道他们说的不是好话，就脚踢手抓、屁股一翘一翘骂他们老娘。高连鹏赶忙按住他，叫大伙别吵，要不大家天黑都轮不上。他屏住呼吸，操着推剪几个来回把小瘌子的头发铲下来。头发剪干净了，头皮却黑糊糊的像浇了一地粪渣子，高连鹏看不过，说洗洗吧。小瘌子开始说不洗，后来见村子里的人都要他洗，就使劲搔着头说得回去问他姐姐。大妹被人叫了出来，开始还忸怩，以为大家还说她哄弟弟吃奶的事。高连鹏问她让不让她弟弟洗头，她说咋不洗呢，不但要洗而且要洗干净。高连鹏就说，洗可以，要不要擦肥皂呢？大妹说，擦啊，咋不擦呢？不但要擦而且要擦多一些。高连鹏就说，擦肥皂可以，不过要多收五分钱。他接着解释说，肥皂要钱买，就是有钱也很难买到，没办法。那年月什么都要票，肥皂更是稀罕物。一听要多收五分钱，大妹不干了，说既然要加钱那我自己给小癞子洗！

大妹真端来热水，还浸了草木灰，挺有耐心地洗弟弟的头。一直洗了三盆水，才把弟弟的头洗成一棵白萝卜样。这个时候，高连鹏已剃了两个头了。高连鹏这才重又给小癞子剃头，他麻利地在磨刀布上把剃刀磨了几下，操起剃刀给小癞子修汗毛。一切搞定，大妹却少给了他五分钱。大妹说，弟弟的头是她自己洗的，没用他的热水，省了工日还省了柴火。高连鹏看了大妹一眼，大妹也朝他瞪着一双圆溜溜的大眼睛，两个人都笑了。

等把一个寨子的头都剃了，天也黑了。高连鹏被大妹留到家里吃饭，大妹弟妹两个陪他喝了酒。喝着喝着，小癞子就哭起来，说高连鹏对他最好，没有嫌弃他给他剃癞痢头。高连鹏说，姐姐对你最好，给你洗头，还陪你睡，还给你吃——说着说着，三个人都哭了。

那一晚，高连鹏没有走，他们三个睡在一张床上。

之后，高连鹏娶了大妹。夫妇两个带着弟弟小癞子，日子过得十分恩爱。高连鹏依旧理发，只是听了大妹的话，不再担挑子，她说这样很累。再走村串户时，高连鹏提一个人造革的皮包，里面放一块围袍、一把剃头推子、一把剃刀、一把木梳、一把毛刷，至于说凳子、火炉之类的东西，倒是不必带了——无论到了哪里，谁家没有这些家什呢！只是肥皂之外加了一块香皂，理罢发，高连鹏总要问一句："洗肥皂还是洗香皂？洗香皂一次加五分钱。"

高连鹏把理发的钱都交给大妹管，一个子儿都不敢隐瞒。大妹不仅送弟弟读了大学，还积蓄了一笔钱，她见高连鹏每天走上走下辛苦，索性到风城买了房子，开了店铺，开始坐堂理发。后来，高连鹏的儿子继承父业，将理发铺改成了风城第一家发廊。他理发的刀剪都不会用,却是日进斗金的大老板。只是没过两年,因为逼迫妇女卖淫,吃了人命官司进了监狱,据说现在还没出来。

高
连
鹏

走马梁上话"走马"

○党长青

　　奶奶做姑娘的时候,就是有名的剪纸高手。她剪了一辈子窗花,内容都是膘肥体壮的大走马。传说她剪下的走马,活灵活现,只要她的父亲抽上一鞭,立刻就可以奔跑起来。但爷爷却对她的作品不屑一顾。

　　奶奶的父亲,也就是我的姥外爷,曾经是沙地边沿的草莽英雄。他粗黑的眉毛拧成神鞭,长一双黄莹莹的鹰眼,鼻梁高耸细长,嘴巴扁阔,下巴上留一绺黄胡须,活像个匈奴。那一年秋天,匪首芦占奎作乱,连续几天罩在人们头上的是低沉黏稠的乌溜溜的跑马云,贴地而刮起的秋风,卷着黄叶在半空升腾。像蝗虫一样的响马从包头滩上刮下来,挂在马脖子上的铜串铃响彻毛乌素沙漠南缘的土地。奶奶的父亲骑一匹肥壮口青的红走马贩洋烟鸦片,刚出高家堡古镇的北门,恰碰上翻卷尘土南下的响马群。奶奶的父亲稍作迟疑,纵马扑入当中,他粗黑的眉毛竖起来,如猪鬃般挺硬……

　　响马们见一个身穿拷绸衫,脚蹬灯笼裤,脖颈后头别着长枪的秃头汉子乱转,总以为是先头下来的同伙,就扯长声调喊:"咳!前边的情况怎样? 城墙上的守兵有多少?"奶奶的父亲学着包头口音:"咳!人马太多,上千啦,拐着走吧……"众响马如火见水停下马蹄。奶奶的父亲仍然边跑边喊："弟兄们稍等，我报告司令去也……"

他的那杆"长枪"，其实是裹在衣服里用白布缠绕起来的长杆旱烟锅，两把雪亮的牛耳朵小刀插在裤带上，分明像个响马小子。他跑过几个沙梁，拐转方向朝东狂奔。肥走马驮着奶奶的父亲走到一个柴柳把子扎的羊场房。放羊老汉正熬熟一锅羊奶汤，端给他喝。两个人扯盘起响马抢劫的凶事，门外闯进来两个响马小子，拉着枪栓诈唬着要那匹肥壮的红走马。放羊老汉装孙子似的说："老总呀，辛苦辛苦，我儿子有病，马你牵走。下马喝碗羊奶汤吧……"响马小子又渴又饿，放下心来走近奶奶的父亲，头上甩手给了一马鞭："起来，躺下装死。给老子们遛马去，听见了吗？"奶奶的父亲年刚四十岁，身高力大，他磨蹭着爬起来用勺给两个响马舀汤，黄眼珠却瞅着放在炕沿上的两杆长枪。他猛然鹞子翻身捡起炕边砍柴的斧头，闪电一样将锃亮的斧刃钉入一个响马的脑门。眨眼工夫，放羊老汉手端的那锅滚烫的羊奶，倒在另一个响马的面门上，想不到那家伙死不要命，忍着灼痛抱住老汉掐脖子，放羊老汉挣扎着满地打滚，呼叫："光脑汉，你不上手还等我咽气吗？"奶奶的父亲愣怔之余用铁锅击碎了响马的脑瓜盖。

凶残的狼，顷刻两毙。

两人把尸体埋在大沙梁下，流沙很快掩埋了刚刚发生的血腥。放羊老汉说："后生，羊也不赶了，跑吧。咱俩不跑都是响马的一碟菜。"奶奶的父亲掂起两杆枪，跨马消失在起伏的沙漠里。

多少年后，杀响马的传奇代代颂扬。风刮雨洒，日照云蒸，所有的岁月都成为过眼风景。奶奶十八岁时，随她五十多岁的父亲搬迁到走马梁驻扎下放马种沙地。爷爷的父亲因为争抢买沙地，与奶奶的父亲翻脸成仇，状纸递到榆林府衙。

两亲家的官事如冰炭同炉。那时断案流行打屁股，听奶奶说她的父亲过堂审讯，大腿和尻蛋子上的肉都烂完了，仍没改口供。爷爷的父亲把牲畜田产变卖光后,官司打成了一个字:输。爷爷的父亲气死了。奶奶的父亲给爷爷弟兄二人送来两匹肥壮有力的大走马……

奶奶从此没有走出走马的阴影和传闻。爷爷每次出远门经商回到家,奶奶都看到马尻蛋上的肌肉肿得老高,爷爷变态地说:"打马就是打你爹哩。"接着揪住奶奶的头发一顿暴打,然后下跪认错。奶奶就泪流满面。她用剪刀剪了一辈子的走马形象。

双 灯

○王海椿

定陶县有对叫冯响、冯喜的兄弟俩,爹娘死得早,无依无靠,才十几岁,就靠跟爹爹学的铁匠手艺,打铁为生。

兄弟俩虽然体小力弱,但做起活来丝毫不马虎,打出的铁器结实耐用,四周的乡邻都喜欢来买他们的农具。兄弟俩老实厚道,常把农具以很便宜的价格卖给乡邻。因此日子并不殷实,也就是勉强糊口而已。

兄弟俩每天天不亮就起床了,引火升炉,磨斩热锤,丁丁当当的打铁声传得很远。

兄弟俩少言寡语,也很少去串门玩。打铁是重体力活,一天下来,兄弟俩累得精疲力竭,常是吃了简单的晚餐就去睡觉了。

这天兄弟俩正在打铁,来了两个少年,一男一女,男孩眉目秀朗,女孩漂亮乖巧,是附近村里没见过的,看上去像是兄妹俩。

两人说是来打一把鱼钗,用手比画着鱼钗的形状,似乎他们要的鱼钗很小,只有小手掌那么大。

兄弟俩就按他们比画的样子打了一把小鱼钗。

两日后,一男一女两少年来取了鱼钗,左看右看,一副爱不释手的样子,都夸鱼钗打得好。付了钱,谢过铁匠兄弟,就走了。

这天晚上,兄弟俩正准备休息,听到门外似乎有脚步声,窗口还有灯光透进,果然有人敲门,开门一看,原来是白天来打鱼钗的两个少年,一人提着一盏灯笼。

男少年说,他们是兄妹俩,住在芦苇荡那边的一个村里,全村就一户人家,没有邻居,晚上孤寂,来此串门,问兄弟俩可欢迎。

冯响冯喜都是憨厚人,忙不迭请他们屋里坐。

四个少年就聊起天来。原来这兄妹俩,哥哥叫阿盏,妹妹叫阿荧,也都父母早亡,兄妹俩相依为命。两对苦孩子真是惺惺相惜,聊到动情处不禁伤心垂泪。

聊至夜半,几个人都感到肚子饿了,阿盏对两兄弟和阿荧说,我去弄点吃的来。

阿盏出去须臾,就回来了,提着个篮子,有酒有菜。放到桌上,冯响冯喜一看,都是些没见过的菜,也叫不上名字,但都很好吃。

不觉已至深夜,四个人喝得有些醉意了。阿荧赶紧劝哥哥别喝了。阿盏站起来,挽着阿荧的手说,我们回家了。

兄妹俩提着灯笼出门,冯响冯喜看着两点橘红的灯光消失在夜色里,渐至芦苇荡那边不见了。

第二天起来打铁,冯响兄弟俩奇怪的是,尽管昨天到深夜才睡,起来神清气爽,一点也不觉得累。拉着风箱跟没出力似的,风却呼呼地响,炉火很旺。抡起锤子也轻松了许多,感觉不出往日的沉重。

这以后的晚上,阿盏阿荧兄妹俩就常来串门,带酒菜来和他们喝酒。喝过酒后就嬉笑打闹。

有一次,冯喜让阿盏和阿荧猜灯谜。

冯喜说,和尚头,尼姑脚——打一物。

阿盏和阿荧猜了半天没猜出来。

冯喜说,是桥。

兄妹俩问,怎么是桥呢?

冯喜写在纸上:"河上头,泥固脚",不是"桥"吗?

还笑他们笨。

谁说我们笨?阿盏兄妹不服气地说,我们玩下棋。

玩下棋,冯喜兄弟俩常输。

有一次冯喜终于发现了秘密,原来是阿荧偷了棋子。冯喜就捉住阿荧的手,嚷着要打她,说她耍赖。

屋子里响着四个少年的笑声。

有阿盏和阿荧兄妹俩陪着,冯响和冯喜感到日子不是那么寂寞了,整天都喜笑颜开的,打起铁来也格外有精神。

这样不觉过了一年多,四个人情同手足,彼此难分。

一天,阿盏阿荧又来玩。喝了一会儿酒,阿盏突然对冯响冯喜说,我们要走了,妈妈要接我们到南方去住。说完,眼圈都红了。

兄弟俩送他们,他们依然不让远送。阿盏转身说,我和阿荧会来看你们的。

四人都是依依不舍。兄弟俩只好目送他们远去,只见两盏灯火消失在芦苇深处。

阿盏他们走的第二天晚上,冯响兄弟俩怎么也睡不着,都在想他们兄妹俩。突然见窗外有灯光闪亮,以为又是阿盏他们来了,开门一看,却是两个萤火虫绕着他们的房子飞舞。光线像阿盏兄妹提的一双灯笼那么亮。

第二日晚上那两只萤火虫又来了。

兄弟俩都觉得奇怪。这天,便关了打铁铺,决定到村子远处的芦苇荡那边到阿盏阿荧家去看看,可找了半天,不见一户人家。更远处有个村子,他们到村里问,都说没有听说过阿盏阿荧。问起那片芦苇,都说那是一片野苇荡,没见住过什么人家,以前晚上常见有好多萤火虫在飞,但突然有一天,一点萤火也不见了。

冯响和冯喜一算,正是阿盏阿荧和他们告别的第二天。

兄弟俩只好失望而回。

奇异的是这两只萤火虫每天晚上都来,冬天也是如此。

刺 绣

○江双世

　　阳光明媚的日子,亚男会坐在门前的石阶上,一手拿针,一手拿一块白绸布,专注地绣着什么。

　　亚男从小就讨人喜欢。她声音清脆,唱歌动听,村人见了她,就说,亚男,唱一个。亚男就唱一个。听完,村人就鼓掌,说,亚男将来能当歌唱家。可惜亚男家穷,母亲在她两岁时去世了。亚男六岁那年,发高烧,父亲没钱送她去医院治,就在家用土法治,结果烧坏了声带,再也发不出声了。

　　从此父亲的腰弯了,再也没直起来,看亚男的目光也躲躲闪闪。亚男想要什么,就扯扯爹的衣襟。爹看她的目光望向什么,就赶紧掏钱买。若当时钱不够,过后也筹钱买给她。亚男十岁那年,迷上了刺绣。爹挣的钱几乎都买了绸缎和针线。

　　鲁西北地区,几乎家家有人会刺绣,不过都是老人,年轻人忙着挣钱,没人学了。逢年过节,老人们就忙着给孙子孙女绣虎头鞋凤头帽子,要不就在新衣裳上绣一朵小花,或小动物。亚男就在这时候东家串西家,见谁家做刺绣,就坐在旁边,忽闪着两只透亮的眼睛,看得入迷。村里人觉得亚男这么可爱却不会说话,都惋惜。谁也没在意小小年纪的她,竟然这么看着看着,学会了刺绣。开初她拉爹的衣襟要针线和绸布时,爹只道是小孩子贪玩,有这个事做总比在外面疯跑强。

亚男得了针线和绸布后,就躲到房间里,很少出来。爹里里外外地忙,也顾不得她。吃晚饭时,爹一抬头看见女儿的左手中指和食指红肿了,抢过来一看,竟是让针扎的。爹的泪"哗"下来了。爹说,闺女,咱不学刺绣了好不好,咱学别的。亚男抽回手,冲爹笑着摇了摇头。

冬去春来,亚男的刺绣越来越精致。婶子大妈见了都惊讶,比她们绣得都好哩!亚男不光能绣虎头凤头小花小动物,她还能照着小人书绣人物故事。村里赵老师的儿子大龙常去找亚男玩,他家有很多小人书。亚男识字不多,大龙就当起义务说书人。《西游记》、《隋唐演义》、《儿女英雄传》、《聊斋》、《红楼梦》……亚男听大龙读小人书时,眼睛里闪烁着光芒。仿佛有两只看不见摸不着的小手从眼睛里伸出来,将小人书上的人物都捉进眼里,等刺绣时再把他们放到绸布上,绸布上的人物就活了一般,喜怒哀乐,各具神韵。

转眼间,大龙考上高中,要去外地住校,不能天天去陪亚男了。那天晚上,大龙去向亚男辞行,亚男做着刺绣听大龙说完,表情平静。大龙坐在一旁,痴痴地看着她,像总也看不够似的。那一刻,亚男读懂了大龙的心。亚男就在那温柔的笼罩下做着刺绣。月牙儿一点一点地升上树梢,不安分的月光从窗户探进头,打量着两个痴心人。

不知过了多久,亚男抬头冲大龙眨眨眼。大龙会意,起身看亚男的刺绣,是《天仙配》里的一个画面,一条大河,横在一对男女之间。再看那对男女,分明就是神情忧郁的大龙和亚男!

大龙的泪汹涌而下。

亚男凄然一笑,将刺绣放在大龙手里。

大龙每个礼拜回家的日子,是亚男最开心的日子,平日不太爱笑的亚男,在大龙回家前一两日,笑容一点一点绽放了。亚男爹看见女儿笑了,他也笑了。大龙回来的晚上,必去见亚男,一个刺绣,一个坐一旁痴痴地看。亚男绣完,送给大龙,大龙就揣一怀温暖回家。

此时爹会给亡妻的遗像上一炷香,再在院子的方桌上摆两只酒盅,一只斟满酒,另一只也斟满酒,然后端起其中一只慢慢地品,品得有滋有味。

大龙上高三时,回家的次数少了。有时,几个星期见不到面。见到了,也是待一会儿就走,说学业繁重,不敢耽搁。爹看着女儿一天天消瘦的脸,不知怎么办好,他在院子里转了一圈又一圈,不知转了多少圈,突然开门出去了。爹去找大龙爹喝酒。爹闷头一杯接一杯地喝。大龙爹看着他,喝一杯酒说一句话。

大龙这孩子学习不错,估计能考上大学。

爹没说话。

考上大学就不回来了,以后就在城里工作生活了。

爹仍没说话。

趁亚男还小,早点给她找个婆家吧。

爹又连喝了三杯酒,起身,摇摇晃晃走了。

回到家,爹对着猪圈哇哇地吐了。

大龙考上大学了。大龙爹大摆宴席,邀请亚男和爹去。爹看看亚男,亚男表情平静。她把这些年的刺绣搬出来,一件一件挂在大门外。

爹先看得呆了。爹被那些人物故事吸引住了,随人物的喜而喜,随人物的悲而悲。接着,许多路人也不由得停下脚步。一时间,人们像着了魔似的,有的哭,有的笑……一群蝴蝶飞来,在那些花啊草啊之间盘旋,久久不愿离去。亚男仰望着那些蝴蝶,展开双臂,像蝴蝶一样舞起来。

夜里,亚男静静地坐在房间里,隐约听到大龙的叫声:亚男。

亚男的泪夺眶而出。

影　魂

○吴卫华

　　冀南的魏起之，出身皮影世家，祖上从事皮影雕镂可追溯到清代，那时皮影正极盛于河北。到了魏起之这一代，已是二十一世纪，皮影早已退出历史大舞台，但被列入国家非物质文化保护名录，连同魏起之也成了受保护的艺人。魏起之雕镂出的皮影，实在精绝得夺人心魄。

　　在小城的繁华地带，有魏起之的两间工作室，他雕镂的皮影备受海内外收藏家的青睐。"魏起之工作室"也跟着声名远播。在他的工作室里，本来有一个助手，因为生病辞职了。皮影的制作流程是首先选用上等兽皮，经过刮、磨、洗、刻、着色等二十四道工序，手工雕镂三千多刀才成。如此大的工作量，没有助手的帮助，烦琐的程度是可想而知的，况且魏起之正倾尽心力雕镂一套《水浒人物》。这工作已进行了将近十年，一百单八将就剩下十个人物了。光着手雕镂前的准备工作就花费了一年多时间，虽说就要大功告成，可还有很多工作要做，缺少不得人手，所以魏起之紧急招聘助手，美术院校毕业的优先。

　　广告一贴出去，就有一个长眉细目的女子来到"魏起之工作室"，自称毕业于省美术学院，对这儿的工作很感兴趣，希望能当魏起之的助手。魏起之看了她的毕业证和她带来的一些画作，觉得很满意，就留下了她。

女子名叫东方秀，皮肤白皙身材窈窕，有极好的美术功底。魏起之手把手教东方秀制作皮影，东方秀极其聪明，很快就掌握了所有的工序。魏起之制作皮影前，很重视选料。他亲自去养牛场挑选那些六岁左右毛色光滑皮肤无损的黄牛，宰杀后剥出上好的牛皮，再把牛皮炮制、刮削、打磨制成半透明的皮革，然后才在皮革上绘制旋刻出各种人物的影子。影子雕完，开始敷彩。色彩大多是魏起之采用当地的矿植物做成大红大绿杏黄等鲜艳明亮的颜色，给影子上彩后效果异常绚烂。脱水后缝缀，最后装上签子，一件皮影就完整地制作出来了。魏起之为了把一百单八将各自的特色表现出来，都翻烂了两部《水浒传》。他交给东方秀的活儿，一定要按他的要求完成，不能容忍一丝疏忽。雕镂、上彩、缝缀，尤其是在活动关节刻出轮盘式的骨眼，这些重中之重的工序，都是魏起之亲自动手，交给东方秀的活儿也就是刮磨皮革、脱水等。

在魏起之的贮藏室里，有许多牛皮，连魏起之也不清楚在近十年里他用了多少张牛皮。他炮制、刮磨、雕镂它们，皮革的好坏，他的手一摸便知。尤其是经过东方秀刮磨出的半透明皮革，柔韧得让他都想揞在心口，他自己都没有刮磨出过这样绝佳的皮革，在这样光滑玉润的皮革上雕镂，简直是种享受。

一百单八将中，只有三个人是女性：母大虫顾大嫂、一丈青扈三娘、母夜叉孙二娘。魏起之浓墨重彩地设计着她们。

在一个阴雨缠绵的下午，东方秀将一张刮磨好的皮革放到工作案上。魏起之正伏在案上用刀细细地雕镂着影子。东方秀说："这张也好了，质感真的不错。"说着俯下身去看魏起之手下正雕镂着的影子。她离魏起之很近，魏起之只觉她吐气如兰，不知怎的身上少有地燥热起来。因为是下雨天，工作室里没有人来，只有魏起之和东方秀。魏起之摸了摸那张皮革，皮革非常透明，柔韧得几乎可以称得上温滑，这么绝佳的品相和质感,连魏起之也是头一次遇到,他真想揣在心口。他心里忽然激动起来,手饥渴似的在那张皮革上摩挲着。东方秀的手按在案子上,连魏起之也不明白他是有意还是无意,反正他竟然摸到了东方秀的手上。东方秀微笑地看着魏起之,神态不拒反迎。魏起之的胆子就大了,将东方秀揽入怀内,双手从后面伸进东方秀的上衣里,在她的背上摩挲着。东方秀的后背是那么细腻温滑,魏起之的第一感觉竟是刚才摩挲那张皮革的感觉,这感觉好奇怪,竟能在这时引起他想在上面雕镂的冲动。

一个美国富商在看了魏起之的皮影后,极是喜欢,用一百万元人民币订购下来,说好等雕镂完三个女人后就取走。

送走美国富商后,东方秀一反往常的温婉,冷冷地问魏起之:"你真的要卖吗?"魏起之觉得她的神情有点反常,顿了下,他说:"我就是靠这手艺吃饭的,我不是一直在卖吗?我不卖它们挣钱,哪里弄钱给你开工资?"东方秀说得有点风马牛不相及了:"那些皮都是上好的。"魏起之回到案边继续他的工作,说:"我选皮向来都选上好的,那些牛都是我亲自相看过的。"东方秀的神情明显郁冷起来:"你在它们身上刻了多少刀?"魏起之头也不抬地说:"每件作品的完成,都不少于三千刀,否则,就不是一件精雕细镂的好作品。"东方秀冷冷地看着魏起之,直到魏起之回身向她要刮磨好的皮革。

东方秀拿给魏起之的就是他想揣在心口的那张,皮革透明得几乎能穿过目光。每件皮影高约一尺左右,这张皮革刚好够做三个影子。魏起之早已将三个女人的形象了然于胸,画过小样觉得满意了,就开始在皮革上绘制旋刻。

当最后一件作品装上签子,魏起之终于结束了他历时十年的宏大工程。一百单八将各具特色,没有一个类似的,若是绘画,还能比较容易做到各不相同,可这是皮影啊。连魏起之也意识到日后就算再花费十年时间雕镂一套,也决不会出新了,他的才能已经止于此了。魏起之将皮影全部拿出来,案上、桌上、椅上摆满了,就挂在工作室里,一时整个工作室里,到处都是绚丽得逼人眼目精致得夺人心魄的皮影。魏起之看着自己的作品,不知怎的竟流下了眼泪。

为了庆祝完工,魏起之买了好些吃的东西,排满了一桌子,又开了一瓶白酒。两人对坐,魏起之不知道东方秀竟然这么能喝,她也不用魏起之让,只管端起来一饮而尽,一杯接一杯,还频频向魏起之照底。魏起之也放开了量喝,两人很快就干完了一瓶,再开一瓶,很快又完了。魏起之不胜酒力,只觉得晕晕乎乎眼前的景象都要颠倒了。东方秀大概身上燥热,先是脱下了外衣,后来连内衣也脱了,就剩下这胸。魏起之醉眼地看了一眼东方秀,这一看惊得酒都醒了,踉跄站起,围着东方秀看了一圈:东方秀的前胸后背上赫然贴着母大虫顾大嫂、一丈青扈三娘、母夜叉孙二娘的皮影,色彩绚丽得炫人眼目。魏起之急了,上前用手去揭,抠摸了半天,才发觉是文在身上的。东方秀笑得上气不接下气,眼泪都笑了出来。魏起之含混不清地说:"原来,是,是文在身上的啊,谁把我的作品给你文了上去?"东方秀笑得怪怪的:"是你雕镂上去的啊。"魏起之真的醉了,只说了一句"我只在牛皮上雕"就扑在床上睡死了。

美国富商来提货了,当魏起之打开箱子让他验收时,发现少了三件皮影——顾大嫂、扈三娘、孙二娘不见了,但更怪异的事在后面,那些精美绝伦又极其柔韧的皮影,竟然在阳光下迅速褪去了光艳的色彩,全都晦暗得辨不出了颜色,皮影朽糟得像出土文物,手一触碰就成了一片渣渣。

怎么这样了?!魏起之骇异得目瞪口呆。这时,东方秀脱去上衣,露出背上逼人眼目的文身。魏起之瞠视良久,只觉心闷气闭,"咕咚"一声向后栽倒。

朱 团 长

○胡逸仁

朱团长是伺候死人的。

朱团长姓朱,他脸上长了几个密集而夸张的大麻子。我们村里谁的脸上麻出了特色,便送个雅号"团长",朱团长对此绰号却之不恭,干脆大大方方应了。有人打电话联系死人的活,朱团长在电话里粗声应道,我是朱团长,你们那里老了人是吧?在哪里?……哦,好,就来就来!

我们村里有两个人为了死人披星戴月职业地活着。一个是黄道士。黄道士专为死人超度,高唱法歌引导死者一个个安然走过奈何桥、避开刀山火海、辨清车马水路,然后送至西天门口。黄道士的世界是神仙的世界,平常人很难深入,也懒得深入。神仙们做法事的时候,总得有人鞍前马后,放放鞭炮,点点香蜡,烧烧纸钱,且及时提醒孝子孝孙跪拜行礼、在晕头转向之时毫不吝啬地拿出封儿来。这种人必须耐得烦、吃得苦、熬得夜,黄道士便引朱团长入了门。

朱团长果然干得很出色。两人渐成生死之交。谁先揽了死人活,另一个绝对会回报一瓶酒的,酒必须两人同饮,朱团长与黄道士便常醉。

朱团长的名气逐渐盖过黄道士,是因为朱团长会伺候死人。人的生死难料,总有病死他乡暴毙野外的,朱团长专职迎接此类人物。第一次,朱团长本也扭扭捏捏,眼见一个昔日光屁股玩大的同乡曝尸骄阳之下无人敢近身,再也不忍,斗胆喝道,我来!他身大力不亏,利索地完了事,一炮打响。名气传了开来,三十年越发响亮。朱团长因工作需要,干脆开一小店,专营寿衣冥纸,还买一辆拖斗车,接送那些亡灵。生意不错。

那次刚运送一亡灵归家,朱团长翻山回返。两愣头青一跃而上,紧贴朱团长身后,用刀指向朱团长脖子:嘿嘿,师傅,搭个便车,顺便借俩小钱花花。朱团长惊叫一声,小兄弟,你运气太差。刚送了个死人,还是赊账,身上没钱啦!俩愣头青大呼,你是谁?朱团长应声道,我是朱团长!俩小子大喊,停车停车,你做好事!停车,我要跳车了,你的车坐不得!朱团长忙踩刹车,已来不及。俩小子箭一般飞下,一人把脚崴了,却不停歇,拖着腿狂奔。

朱团长接活,不分贫富贵贱,坚持一个原则:不讨价还价,对得起死人,也对得起活人。他常挂在嘴边的话是,活人要爱,死人要敬。孤老宋四爷跌死在山塘边,是朱团长抱上岸的。朱团长将宋四爷嘴里的泥小心清理出来,用新毛巾把他全身擦得干干净净,小心翼翼给他穿上寿衣。寿衣穿戴得整整齐齐,青布扣子不歪不斜,稍长的袖子挽得恰到好处;青布鞋子有些空落,便塞些麻布,直到合脚稳妥。末了,朱团长从口袋里取出一面小镜子,举在宋四爷面前,自己歪头费力地端详一番,再在四爷身上细心调整,最后跪伏,三拜,才清嗓喊道:四爷更衣完毕,请四爷回府,鸣炮……

朱团长从不觉得他的职业有何特殊,他说,和种田一样,悉心照料就行。朱团长是考虑过培养接班人的。自己的儿子大学毕业之后在省城开公司,早放出话要接他进城养老。想让儿子接班绝不可能,也万万不能。便经人介绍,找了个年近四十五大三粗的光棍儿做徒弟。

徒弟倒是真心想学,就是脑袋里水多了点。第一次给亡人穿衣,差点把亡人的手臂折了。朱团长一个巴掌扇过去:你干啥?以为是在地里植草皮吗?徒弟抖索着手,最终没穿好衣,便一泡眼泪夹着走了。朱团长提着一瓶酒上门赔了礼,光棍儿喝完了酒,说,死人难伺候,技术太高。再也不来。朱团长打电话说,老子把拖拉机送给你!还是不来。

经常风里雨里的,朱团长终有一天病倒了。黄道士陪着朱团长跑前跑后楼上楼下整整一个星期。黄道士盯着那输液管子,说,麻子,你可走不得,我还没走呢!朱团长笑道,也是,你是神仙,有谁伺候得好你!出院那天,两人杯来盏去,一通猛喝。当晚,黄道士跟跟跄跄推开家门,被门槛绊住,他老婆一把没扶住,当头倒下。

黄道士是因脑溢血而走的。也许是神仙熟悉登仙的路,他走得毫不拖泥带水。朱团长一再抚摸老友那酒红未消的脸,一边袖子抖索半天也未能穿上,眼里热泪狂涌,猛擦几把,终未能止住一声长号:好你个黄道士,真如你意了,我来伺候你。你倒是走得潇洒,而我一旦走了,谁来伺候我体体面面上路?顿时,满场寂静,半天无人应声。

钟 表 匠

○ 简默

街角有个小伙儿叫旭东。他留着小平头,宽额头,窄下巴,小眼睛。从早到晚,满面红光,像是喝了高粱酒。

他开了一间钟表修理店,左邻是刻章店,右舍是粮油店。

这儿是十字路口。中央立着一个台子,像是一大一小两面鼓摞到了一起,周圈刷着红与白的油漆。白天,一名穿蓝制服的警察站在上面,探出长长的胳膊,一板一眼地打着手势,牵着来往车辆和行人的鼻子走。顺着他手指的方向,向西通往火车站,往南一直延伸向比徐州更远的南方,转身朝北则回到了我们温暖的娘家——煤城。

我晒的是许多年前的芝麻与谷子了。

那时我在读初中。旭东是我的同班同学民勤的舅。民勤姓王,是女生,长得又高又瘦,扎着两把"刷子",左右摇头时像拨浪鼓。她最显著的特征是,脸上的颧骨高,仿佛是那两块骨头挑起了皮肉,天天向上生长。不知是谁懂得多,率先在她背后议论:女人颧骨高,杀夫不用刀。这说法很快像瘟疫到处流传开来。

因为民勤,我想当然地认定旭东也姓王,就没想过他还可能是其他姓。那时的我就是这么傻乎乎的。我的班主任说过,吃别人嚼过的馍不甜,但我却乐意像吃别人嚼过的馍一样,接受并重复别人说过的话,这毛病一直贯穿了我的整个成长过程。

钟表店临街,一间房,一扇门,两扇窗。迈开大步,纵五六步,横三四步。里有柜台,有桌子,有柜子。到处都是钟表,它们有着各种各样的体积和形状,站着、坐着、蹲着、躺着、趴着、靠着,所有人能做的动作,它们都以时光的面孔模拟了出来,惟妙惟肖。它们中有些被修理过了,集中校正到了同一个时间,走着整齐划一的碎步;有些仍像来时一样,胡乱踩着醉汉的步子,深一脚浅一脚,或在时光的漫漫驿道上,彻底停下脚步,背靠某棵一成不变的树,沉沉地蒙头大睡;还有些被锁入了柜子,就像被关了禁闭,在自言自语中摸黑兜着圈子。

钟表们有血有肉,丰满富有,秒、分与小时,这些从小到大、环环紧扣的单位,就是它们的血与肉。它们穴居在表盘里,像夸父,卖力地与时光赛跑。这会叫它们的身体出问题,不是血流不畅,就是肌体劳损,抑或器官老化。

旭东坐在中间,四周是怠工或罢工的钟表们,滴答声连成一片,他却充耳不闻,仿佛它们与他无关。在这儿,他热衷于向每一个到访者谈论钟表的知识,同时出售全城最好的手艺,对我也不例外。他指着一只样子古旧、镀着珐琅的座钟,向我介绍着它的珍稀,它的精确,它的明亮。它的确像一个绝代佳人,逃脱了时间的无情法则,保持着永远年轻的容颜。他在啧啧赞叹的同时,也不忘低低一声叹息,感慨它像一头负重跋涉的骆驼,积满上世纪的风尘,终于掉队了,让他有机会接近它、抚摸它,像奴仆一样为自己高贵的女王服务。他痴迷而陶醉的神情让我相信,出了这间房子,他谈论最多的仍是关于钟表的知识。

即使是白天,他也拧亮台灯,坐在桌前,埋头趴在那里校正钟表。他似乎混淆了白天与黑夜,但他的视力却出奇的好,任何时光的蛛丝马迹都别想逃脱他的眼睛。一桌狼藉,一桌琐碎,齿轮、秒针、螺钉、发条、表壳……这些都是我所看到的,也是目前他所面对的。这是一个

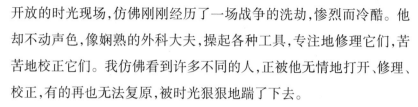

开放的时光现场,仿佛刚刚经历了一场战争的洗劫,惨烈而冷酷。他却不动声色,像娴熟的外科大夫,操起各种工具,专注地修理它们,苦苦地校正它们。我仿佛看到许多不同的人,正被他无情地打开、修理、校正,有的再也无法复原,被时光狠狠地踹了下去。

我真的很羡慕他,钟表在他手中是一只魔方,他可以借助双手,从任何角度、方向穿越它,进入它,譬如坐在它的背面,或在它的心脏当中,长时间地,一言不发地,打量着它,摆弄着它,然后凑近耳边,谛听它的心跳。

而在他的钟表之外,许多人的时光正马不停蹄地向前,就像来去无踪的风,譬如我被忧伤浸泡和侵蚀的时光。

再见到旭东,他已搬离了那间房子,在农业银行旁边摆了个流动摊子,背后是一条泥泞的小巷,蜿蜒曲折,通往他的家。

他在又白又亮的天底下,不再拧亮台灯,也不再谈论钟表的知识,却仍旧埋头趴在桌上,苦苦地校正着时针,出售全城最好的手艺。

从早到晚,他满面红光,像是喝了高粱酒。

后来,这一带改造拆迁了,他就连同摊子一起消失了。

时光过得真快呀,一转眼,快三十年了。不知小伙儿旭东被雕塑成了什么模样?

初中同学聚会,碰到了民勤,我试着问她旭东的下落,她一脸茫然,说不出来。

他见证了许许多多的时光,亲手打开了它们,校正了它们,修复了它们。

其中就有我的那段青涩如毛桃的时光。

最终,他本人却像桌上的那些碎屑,被时光一扫帚刮得不知去向了。

面　人

○张国平

　　同行是冤家,面人常和面人王就是一对解不开的疙瘩。

　　庙会,大集,戏班演出,马戏表演,面人王能出现的地方必定有面人常的影子。孩子们图热闹,大人们却能看出来,他们是在较真,比手艺。面人王捏一溜戏剧人物,面人常就捏一溜十八罗汉。

　　戏剧人物妖娆,十八罗汉诙谐,孩子们捏着钱不知该买哪边的。孩子们左顾右看,犹豫不定的时候,面人王和面人常都不叫喊,只埋头摆弄手中的面团,捏、搓、揉、掀,小竹刀挥来舞去,点、切、刻、削,一个个鲜活的人物便呼之欲出。

　　桃李不言,下自成蹊,面人的功夫在手上,叫喊是没用的,面人王和面人常在比内功。

　　小城人说,面人常老到,面人王灵巧。面人常一撇嘴说,捏几个花里胡哨的娘儿们也叫手艺? 问问他师傅是谁? 他知道面人的祖师爷吗? 他知道面人的来历吗? 道有道规,捏面人也得讲辈分。

　　提起自己的山东师傅,面人常总是滔滔不绝。面人王却无师无门,撑死也只能算野仙儿。

　　人们见面人常又谝自己的出身,故意逗他,那你说说面人的祖师爷——捏面人还有祖师爷?

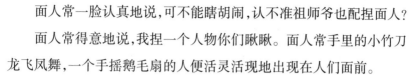

面人常一脸认真地说,可不能瞎胡闹,认不准祖师爷也配捏面人?

面人常得意地说,我捏一个人物你们瞅瞅。面人常手里的小竹刀龙飞凤舞,一个手摇鹅毛扇的人便活灵活现地出现在人们面前。

这不是囊中有万条妙计的诸葛孔明嘛。有人说。

正是。面人常一脸荣耀地说,这就是我们的祖师爷。

拉倒吧,神机妙算的诸葛孔明怎么会是捏面人的祖师爷呢。有人拧着脖子跟面人常抬杠。

面人常眯着眼睛说,祖师爷七擒七纵孟获,终让他臣服。祖师爷渡江准备班师回朝,江面突然狂风大作。祖师爷问孟获,孟获说是阵亡将士不得与父母妻儿团圆,故兴风作浪。孟获说,必须用七七四十九颗人头祭江方可风平浪静。哪能无辜杀人?祖师爷微微一笑,想出一条妙计,用米面为皮,内裹牛马之肉,算准时辰,陈设香案,洒酒祭江。江面顿时风平浪静,祖师爷得以顺利过江。

面人就是这样产生的,诸葛先生不是我们的祖师爷是什么?面人常说完满脸红光,仿佛自己就是神机妙算的诸葛孔明。面人常说,不懂规矩哪行,懂规矩心定气凝,不懂规矩的人才心猿意马。

人们知道面人常是在挖苦面人王。面人常收了摊就回家,专心研究他的面人。而面人王却总钻戏院。花旦们在台上咿咿呀呀,面人王抻着脖子,眼睛里带钩。

大集小会上,突然有俏丽女子出现,面人王会立刻停住手中的活,目光糨糊似的贴在人家身上,看得女子羞赧地骂。面人王这才回过神来,嘿嘿地向人家赔礼道歉。

一个心浮气躁的人怎么能捏好面人呢。面人常对面人王总不屑一顾。

花花肠子终于惹出了麻烦。那天小城城防司令的二太太见面人王捏的戏剧人物惟妙惟肖,顿足观望。二太太唏嘘着伸头凑上去,想看个究竟。面人王盯着二太太的脸瞅了半天，弄得二太太面色绯红。二太太难为情地正想转身离去，"啪！"面人王将一块带彩的面片弹在二太太脸上。

你……你……二太太恼羞成怒，脸色紫红。跟班一把按住面人王的头，黑糊糊的枪口顶在他的脑门上，他妈的，活够了！

别开枪，别开枪，我有话对丁司令说。面人王挣扎着。

面人王被带到丁司令面前。丁司令喷一口烟雾说，说吧，为什么戏弄二太太？

面人王说，我是想观察二太太生气的表情，给捏面人做素材。

哦？丁司令问，这么说你观察到了？你要能把二太太当时的样子捏出来，就饶了你，不然皮鞭伺候。

面人王立刻拿出面团，一揉一捏，一刻一挑，一个紧锁眉头面色羞红的二太太便活脱脱呈现出来。那滑稽的样子把二太太也逗乐了。丁司令释然地说，既然这样就放你走。面人王说，愿再捏一个华贵的二太太作为道歉礼。面人王让二太太缓缓落座，手摇折扇，面带微笑斜倚沙发上。面人王手指一顿一挫，片刻间一位俏丽的小美人便出现了。二太太手捧比自己还俏丽三分的小面人，爱不释手，啧啧着，妙，实在妙。

面人王得意地说，我这面人是有名堂的，叫盛放杜鹃。面人王不但没有受到惩罚，反而得了丁司令一笔赏银。

面人常听说后，一撇嘴说，面人虽软，得有骨气，用这种方法攀附权贵，小人之举。

不久面人常的母亲去世了，正在披麻戴孝的面人常突然听说面人王来吊孝，顿时愣了，心说这时候来看笑话未免太不仁义了。孝子是天下最小的人，面人常只得规规矩矩让面人王过来。

面人王的孝礼用黄缎子盖着呈上来，面人常的心立刻悬住，不知道面人王搞的啥名堂。缎子缓缓揭开，一位慈祥的老人出现在人们面前。脸上的皱纹，头上的白发，简直是老人的再现。面人常把酷似母亲的面人捧在手里，双膝跪下，一声号啕，娘啊。

那以后面人常和面人王便成了好友。面人常羞愧地说，面人王才是小城真正的面人王。

面人王说，手艺追求得独辟蹊径，不能老按常人说的那个理。

磨刀江湖

○李文海

刀爷不姓刀，既不卖刀又不玩刀，天南海北地磨了一辈子的刀，人隐其名，称他刀爷。

每到周末，刀爷就带着家伙什儿，进了家属区。

"磨——刀——"

刀爷铆足了劲儿，狠狠把这一声吆喝扔到天上。人们听见了，纷纷下了楼来。

磨把刀几块钱啊？叼着烟的年轻人眯着眼问。五块！刀爷伸开巴掌晃了晃。

两块不行啊？你以为你磨的是关老爷的青龙偃月刀，还是杨志卖的那吹毛断发的刀？切面刀啊。磨完了刀的年轻人大牙咬着烟屁股，香烟一翘一翘地。

年轻人用手指头摩挲着刀刃。刀爷胳膊比声音还快，可还是来不及了。一股暗红顺着年轻人的手指，已蜿蜒到了手腕。流下的血，为刀爷的技艺做着红红的证明。

一个少妇忙递给刀爷五块钱，紧按着年轻人那个手指头，俩人步调一致低头上楼去了。

磨刀的顿时排成了长队，甚至还为插队而吵得脸红脖子粗。

刀爷磨了一辈子的刀,磨过各种各样的刀。中国这只"大公鸡",高昂的鸡头,雄翘的鸡尾,厚实的鸡背,还有饱满的鸡肚,除了台港澳,都留下了刀爷瘦小而坚实的足迹。

走的地方多了,可谓阅刺头无数。那次,他进一个饭馆吃饭。老板问磨把刀多少钱,他照样晃了晃那伸开五指的巴掌。老板嘴撇了一下,五块钱,半斤饺子呢!老板说,你给我磨把刀,我给你下半斤大肉饺子得了,半斤饺子也正好五块钱嘛。刀爷听了就刷刷磨起了刀。刀刚磨好,饺子就端上来了。一看那饺子,又瘪又小,一口咬开,肉星儿也不见。刀爷眼珠子瞪得快要掉出来了:老板,这是饺子啊,饺子的孙子的孙子!它比我还饿呢!老板将脸扭到窗户外,吹着口哨。刀爷喘着粗气刚走到门口,被老板一把拽了回来。你会磨刀不?你磨的刀啊,比不磨还笨呢!刀爷咧开没有几颗牙的嘴,算是笑了一下。去吧,半斤的大肉饺子该怎么下就怎么下,肉饺子进了肚,俺磨刀就有力气了。肉饺子填饱了刀爷的肚子,刀爷又把那刀正磨三下,反磨三下。好了!老板将磨好的刀往一块五花肉上轻轻一搁,肉顿时一分为二。老板眉开眼笑,那脸啊就像将要落地的老柿花儿。

磨刀磨了一辈子,刀爷的那张脸也磨成了长长的寡骨脸,很像一把刀。

和刀爷最能拉呱儿的张爷,这样说刀爷:磨刀也是走江湖,走江湖就是在刀刃儿上行走。这老家伙,磨了一辈子刀,也是刀刃上走了一辈子。平常看着一块铁,或者钢,一遇有人伤你时,你就有闪着寒光的刃儿了。

刀爷听了,扑哧一声笑了。笑时那胡子拉碴的嘴一咧,还真又像一把刀。

师 徒

○识 丁

师傅是教做风箱的师傅。

徒弟是学做风箱的徒弟。

这家的师傅只有一个,可这家师傅究竟教过多少个徒弟,师傅自己也说不清楚。

师傅的手艺好,脾气更好,多少年来,从来都没有吵骂过任何一个徒弟。即使徒弟调皮偷懒,师傅也总是耐心地劝导,说艺多不压人,说学了本事是自己的,说浪费了好时光将来后悔来不及。

师傅收徒弟不收学费,学三年保你出师自立。每当徒弟三年期满离去之时,无不哭哭泣泣,不肯离去。

这时候师傅也很难过,但还是说,去吧,去吧,父子也有分家的时候。

师傅还说,当师傅的也不吃亏,徒弟为了学手艺,为师傅整整干了三年活儿,要细算起来,师傅还欠徒弟的呢。

可是,在师傅到了六十岁上,脾气好像忽然一下子变坏了,性情也变古怪了。新收来不久的小徒弟富儿,心灵手巧,勤勤快快,做起活儿来是明显比别的徒弟高出一截儿,应该说是个无可挑剔的好孩子。可师傅不但不喜欢,反而还吵他训他,硬是派出他的许多不是。还说狂气逞能的难听话,打击富儿的积极性,动不动就要把富儿赶出去。

其他的徒弟都同情富儿,都劝师傅不要这样,说富儿不错的。

富儿可不傻,他知道师傅多嫌他,一是怕他学好了叫别的徒弟说师傅偏心,二是怕他的手艺超过了师傅,将来把师傅的饭碗给夺了。所以富儿就愈加用功,愈加刻苦,在气急了的时候,就一边狠狠地做活,一边心里说,老头儿,三年之后,我叫你好看。

师傅的身体是日渐地衰老。

师傅的精神头儿是明显不如以往了。

师傅从此没有再收徒。

三年之后,师傅把最后一批徒弟全送走,单单把富儿留下来,说他学得差,还要继续学。

富儿一句话没说,放下行李继续做活儿。富儿心里想,这哪里是学,分明是替师傅做活儿罢了。

但富儿还是认认真真地做,富儿是个聪明的孩子,他明白,力气是攒不住的,肯出力多做活儿,手艺自然好——熟能生巧嘛。

到了第四年的这个时候,富儿说,师傅,我该走了。

不想师傅把脸一沉,说,不行,继续学。

富儿只有留下来,继续耐下性子做他那常年一成不变的活儿。所以富儿做出的活儿是愈加的精美,愈加的地道,他敢说,他做出的风箱拿到镇集上是独一无二的。

其实,在三年学期里,富儿的手艺,别说是师兄,就是师傅也比不上了。尤其这两三年,师傅基本上没有教过他什么,只是在一旁观看,或是把他做成的风箱验收似的这摸摸那敲敲而已。

到了第五个年头上,富儿忍无可忍了,没给师傅打一声招呼,就自作主张背起铺盖走人了。

富儿回到自己家里,又是弄木料,又是解木板,他很快就做出来几个好风箱。

富儿把风箱弄到集市上一摆，一下子就吸引过来很多人，无不竖起大拇指，赞不绝口，从做工上看，确实把所有同行的风箱都盖了。

富儿显得挺得意，甚至都有了几分神气。

其他卖风箱的人都气愤不已。

可是，当买风箱的人一试风，使在场的人全都呆了——风箱是一点风气也没有。

富儿傻了，他根本就没想到这一层。富儿摆弄几下不见效果，才知道是师傅留下了拿他的后手。

买风箱的人都笑话他说，一看样子怪不孬的，可一拉，屁滋似的一点风。

同行们都是一脸幸灾乐祸的笑。

富儿垂头丧气地把风箱弄回家，只有满面含羞找师傅。

师傅一见富儿，没好气地问，你怎么回来了？

富儿低着头说，师傅，我错了。

师傅的心立时就软了，两行热泪滚滚而落。

师傅说他也走过富儿的路，当年跟师傅学徒的时候，师傅看他出手不凡，就故意排挤他。所以他就愈加拼命学，目的是等三年期满再报师傅的排挤之仇。

师傅说他当时年轻气傲，目空一切，觉着自己心灵手巧，非同一般，用不了三年就能把师傅的手艺学到手。

师傅说他的风箱一上市，就把师傅的饭碗给争了，听说把师傅都给气病了。

师傅说，我早知道你的手艺要超过师傅的，但并不等于没有比你更高的人，师傅故意亏待你，是逼你发狠心，下苦功，不仅仅要超过自己的师傅，还要超过比师傅更高的人。

师
徒

师傅还说，师傅心里明白，你的风箱一上市，师傅就只有歇活儿了，但当师傅的不能不这么做啊，也算是向我那九泉之下的师傅认个错儿。

说着师傅就拿出一把小刨刀，让富儿看好了，冲准风箱里面的某个要点，只一下，就把风的问题解决了。

富儿一惊——原来如此！

师傅又说，富儿，你要不想成个师傅似的半灯油，就别先忙着做卖活儿，再在师傅这下一年苦工，你会学到很多师傅没法教的东西。不过，这要随你自己的心，反正师傅这点本事全都抖搂给你了。

富儿早已跪在地上，哽哽咽咽地说，师傅，我把东西搬回来，我要在您的身边做，我要孝敬您一辈子。

郭 木 匠

〇郭凯冰

    斧子是个能人，从小就是。

    斧子是家中老大，下面一溜弟弟妹妹八个，他只能在十岁那年退学。斧子看看家中里里外外没件像样的家什，就想跟着绝户五爷学打草鞋。五爷不想把吃饭的手艺让出去，冷个脸不说话。斧子去清水河的冰上撬开一个洞，蹲在那里等。等来两条鲤鱼，每条一斤多重，晚上提到五爷家。五爷尿盆还没拿进来，斧子将鱼放进水缸里，返回身去茅厕里拿尿盆，放到五爷炕脚。五爷说，小子，明晚来，跟我学打草鞋！

    两个月后，斧子草鞋打得像模像样了。拿到集市去卖，都来买。小孩子的草鞋上都染几线红，呈燕子状或小狗小猫样，讨人稀罕。五爷说，这斧子，人精！

    斧子用草鞋钱给娘买针头线脑，给爹买烟叶。每次买烟叶，也都有五爷一份。

    斧子十五岁，清水镇回来了外出十年靠手艺挣钱的杨木匠，嫁姑娘娶媳妇的人家请了去，好酒好烟好饭食招待，还要看杨木匠脸色。斧子要拜杨木匠做师傅，顶着大雪在杨家门口跪了一天。杨木匠怕招人骂，只得应下。

    杨木匠多了徒弟，日子更滋润。饭有人做，衣有人洗，尿盆有人倒，烟叶有人买。他爱吃小鲫鱼，小徒弟也能去清水河里捉，不让他断顿。只一件，杨木匠不用的边角料，斧子总舍不得丢，花番心思用上。背着主家看不见，杨木匠骂过打过，不管用，只好随他。

斧子十八岁，三年师满，不愿走，瞅着杨木匠手边的画笔。杨木匠说："咋了，这个也学？猫教老虎还要留一手，我还指望这手艺吃饭呢。"杨木匠送走这个倔头倔脑的徒弟，虽然觉得没人侍候舍手，却也好像松了一口气。谁知一年以后，竟少有人来请自己做家具。一晚，杨木匠坐在院子里喝闷茶，听街上人跟斧子打招呼：

"郭木匠，你打的家具真结实，姑娘婆家都说好！"

"郭木匠，明年我外甥结婚，让我先告诉一声，到时候请你。别忘了啊！"

斧子就答："结婚的家具我可不敢打，我不会描金花，还是让你外甥请我师父吧。"

那人说："金花好看是好看，咱怕用不起。小家小户，省着过呀。"

徒弟抢了师傅的饭碗，杨木匠骂一声"白眼狼"，狠狠一跺脚，喝了个酩酊大醉。第二天醒来，刚在院里梧桐树下泡壶茶，院门"吱呀"一声，斧子提着两盒精致的月饼进来。见杨木匠坐木凳上慢条斯理地喝茶不理他，斧子也不难为情，将月饼轻轻放石桌上，双膝跪地，磕两个头："给师傅请安了。"又从腰间解下一个布包，"秋了，怕老寒腿整治师父，给您买了条狗皮护膝，裹着膝盖少受罪。"见杨木匠不说话，放下东西，走人。

那日杨木匠去姑娘家，见姑娘家新做了时兴的衣柜，还没有上清漆。正要开口骂，姑娘看出了颜色，赶紧说："爹，我本来要请你打衣柜，师兄怕累着你，抽空给我打了。这不，您说的木料，他除给我打个衣柜，还多打出一个饭桌。就是差您的金花，师兄说这活儿他做不来，等您给描上呢。"

{ **141** }

杨木匠左瞅瞅，右看看，心里叹一声，这小子，比自己打得精致结实，还省木料。那心里的火气，不觉慢慢消了。

后来，乡里乡亲拿着木料都来杨木匠家。杨木匠和斧子已将西厢房腾出，成了专门加工家具的地儿。斧子做大头，杨木匠只打墨线，量尺寸，再将打好的家具描几枝淡雅的金花。工钱呢，五五开。有人替斧子不平，做的活儿多，凭啥拿钱一样多？斧子笑笑说，我师父那笔金花，让家具有了精气神儿，我描不来。

杨木匠六十大寿那天，喝醉了。到底是老了，这一醉竟得了偏瘫，半年后才歪歪斜斜拄着拐杖站起来。走到西厢，斧子正在棺材上描金花，还剩最后一笔。棺材是给五爷打的，五爷没儿没女，如今已经是七十岁了。七十三，八十四，阎王不叫自己去。斧子想，孝敬五爷啥他都不稀罕，打副好棺材吧。斧子见师父进来，吃一惊，讷讷站一边不说话。

斧子，啥时候学会的？

……跟着您老学徒的时候会的。

咋一直没描呢？

怕您老生气呢。

咋这就不怕我生气了呢？

五爷要咽气了，想要描金花的棺材。

杨木匠脸色就缓和下来，走上前，把最后一笔填上。

有男人来看家具。指着棺材上金花，忍不住夸赞：杨木匠，把吃饭的家底都教给徒弟，好心胸哟！

画　瓷

○临川柴子

　　柳色青青的季节,楚沐雨手中擎着一把天蓝色的雨伞,看着雨水流苏似的从伞线的四周洒下来。雨色空,如迷局一般阡陌交错的小巷一下子吸引住了他的视线。来自北国江城的他一下子爱上了这个十分江南的瓷都古镇。他决定不再漂泊了,把这里当作他的第二故乡,好好发展。

　　楚沐雨是个画家,他却自称为画匠。的确,瓷都汇集了不少来自全国各地的画家,有的还声名显赫,都是正儿八经的科班出身,唯独楚沐雨没经过学院派的熏陶,是地地道道的自学成材。楚沐雨年少时就喜欢画画,也考取过非同一般的艺术院校。但在他即将跨入大学校园的那一年,父亲突然病逝,家境困窘,还拉下不少债务。楚沐雨果断地放弃了学业,外出打工,给超市做美工,给公司画广告设计……手中的画笔一直不曾停止。一日,他偶然淘得了一个景德镇的青花瓷瓶,立即入迷,简洁的线条却迷乱了他的心。

　　楚沐雨和大多数想在这里扎根的画匠一样先是租下了一家小店,然后去找做瓷胎的工匠合作。樊家井这一带家家户户都开手工小作坊,几乎人人会做瓷器。所以,合作者是很好找的,将他的瓷胎买下,画上瓷画再送回去烧制,然后又返回他店里经销,流程和工序都一样,生意却大相径庭。

　　楚沐雨专画青花,他画的青花和传统青花很不同,笔画的勾描和颜色的调制都和传统的青花瓷相去甚远。他画的枝蔓纤细,花朵却又硕大,颜色更是青中带紫,显得丰满而又妖娆。这种别具特色的青花瓷一开始很是吸引了一些客商的眼光,一度销量不错,但不久就无人问津。原来客商大都是把这里的瓷器买了去加工成古瓶的样子牟取暴利,楚沐雨画的瓷瓶无论外形做得再像,也因为这种太现代的青花画法而现出原形。客商老张最欣赏楚沐雨的青花瓷,他认真地说,小楚,以你的画技和对青花的理解,只要你肯屈就于传统,专事临摹,你将财源广进啊。楚沐雨看了看老张,也认真地说,老张,你也知道,我画青花不只是为了谋生,否则我有更好的谋生手段。老张叹了口气,离开了他。

　　就这样,古镇的小巷里有一个古怪而执着的画匠,画一些卖不出去的青花瓷。人们经常可以看到他坐在小店的深处,手执画笔,他的身边堆着形态各异的瓷胎,他的眼神专著地盯着面前的瓷胎,目光中充满疼爱。这种专注的目光感染了身边的小学徒,还有一位叫柳青的姑娘。

　　柳青是偶然到古镇游玩的,她因为楚沐雨对瓷胎这种专注的目光而爱上他,后来又因为不堪忍受他这种目光而离开他。他们相守了不长不短的三年。三年里,柳青说过三次相同的话,她说,楚沐雨,你的眼里没有任何人,只有青花。第一次,柳青是调侃的口气,楚沐雨淡淡一笑。第二次柳青带着一些淡淡的叹息说,楚沐雨也淡淡一笑。第三次柳青铁青着脸说,声音冰冷而绝望,楚沐雨还是淡淡一笑。柳青咆哮着说,楚沐雨,我受不了你了!

　　柳青在一个雨天突然而来又在一个雨天突然而去。楚沐雨好像没有任何变化,他的身体姿态没有任何变化,他的专注表情也没有任何变化。变化的只是他的容貌，好像一夜之间鬓角就出现了白发，小学徒看得触目惊心。

楚沐雨依然在画那些没有人问津的变异青花瓷，不再当街坐在小店内，而是关起门来作画，十天半个月不出来，只唤小学徒送饭进去。楚沐雨说他要画一幅平生最伟大的青花瓷，就如闭关修炼的武士，前台的一切都交给小学徒打理。半个月后，小学徒突然听到室内传出一阵得意的大笑，急忙推门进去，看见楚沐雨披着头发，手执画笔，近乎疯狂地大笑着，突然一口热血喷出，楚沐雨的笑声戛然而止。

几年后一次大型的瓷文化比赛展会上，一只硕大的青花瓷瓶在比赛中最终胜出。枝蔓缠绵的青花，似乎像一个女子的婀娜体态，依然是那种妖艳的青紫。专家学者说这种大胆的画技既有传承又有创新，实在是难得的佳品。专家学者们辗转寻到青花瓷原创工匠，店内只有小学徒孤身一人，那些无人问津的青花瓷怨妇般地被蒙上一层历史的烟尘，小学徒已经长成大男孩，他端坐店内，手执画笔，很有艺术家的风范，他在樊家井这一带颇有名气，画的仕女图颇为畅销。

魔　镜

○常聪慧

　　工匠王小波做出一面镜子,送给了李家成夫人。

　　第二天,李家成府的仆人专程跑来,赏了他一笔钱。

　　第三天,李家成府的仆人又来了,又赏了他一笔钱,数目是上一天的两倍。

　　有人打听何以王小波会得到如此多的赏赐,王小波挠挠头,说他只是为李家成夫人做了一面镜子。

　　于是,镜子行业应声而起,像雨后的杂草一样,空前兴隆,前所未有的兴旺,包括很多从未见过镜子的人,也纷纷开始制作起镜子。

　　但很快人们就发现,再没有哪个人得到王小波那样的好运。

　　有人就去王小波那里学艺,尽管人们很虔诚,但事实是许多人的镜子仍旧卖不出去。

　　有人指责王小波欺骗大家,并且约定不再和他说话。王小波很委屈,他上街找人辩解,抓住任何可以抓住的人,告诉人家他给李家成夫人制作镜子的全过程。

　　他说,我确实是按和大家一样的程序来制作的,中间环节不差分毫,使用水银的分量也不多不少。没有人在他面前止步。

　　王小波每天像个幽魂一样,孤独地在大街上走来走去。

有一天,一个聪明人问他:在制作过程中,有没有发生工艺之外的事情?

王小波想了想,说,我在制镜时曾经用杯子喝了三次水。聪明人耐心地引导,让他再回忆。王小波用力拍了拍不太聪明的脑袋。大叫一声,我在倒水银前,不小心划破了手,瞧,现在手上还有疤痕呢,当时肯定有一滴血掉进了水银中。

人们恍然大悟,一起说"原来如此",并且向王小波表示道歉。

王小波激动得满眼泪花,为自己重新回到集体中而庆幸。

但没多久,镇上的人又抛弃了他,再次谁也不再理他。因为镜子工们划破手上所有的指头,也没能制作出王小波那样的镜子。伤口不断增加,旧的还没有止血,新的又添加了上去,直到镜子工们的妻子出面阻拦,才让他们不至于割下自己的双手。

王小波跪在上帝面前,日夜祷告,可是上帝也无法安慰他那颗破碎的心。

聪明人又来了,再次引导王小波进行回忆。

王小波忍不住哭了起来,重述他的制镜过程。他说李家成夫人是那么美貌,又那么好的一个人,和李家成一样的仁慈,前年因为收成不好,李家成府免了所有人的税金,他们在佃农生病时还去看望,可这样好的人,却刚刚失去了他们年幼的儿子,多英俊的孩子啊,像天使一样,小小年龄已经懂得怜贫爱老。李家成夫人伤心得天天把自己锁在黑屋子里,李家成为了安慰她,所以命我给她制作一面镜子,希望她能开心起来。我也希望她开心起来,因为我也有儿子,他就是我的天空和太阳,一眼看不到他,我就无法安神,所以我知道失去儿子的痛苦,所以我想制作一面世上最好的镜子送给她。

聪明人迈着沉重的步伐离开王小波,召集镇上所有的人,以真诚和慈悲为主题,进行了一整天的演讲。他讲了李家成夫人的故事,所有的人都哭泣了。

"爱心!"聪明人喊,"我们不是缺乏制作镜子的技艺,而是缺乏爱心。所以,我们人人要有爱,才能制作出精美的镜子。"

王小波也被感染了,在大家的簇拥中享受爱戴和赞颂。但当大家让他传授如何才能拥有"爱心"时,他不知如何是好:制镜匠就是制镜匠,他一个工匠只会制作镜子,又怎么讲得出什么大道理,如果他会说,他也是聪明人了。大家快快不乐,一个个离开了他。

天黑了下来,王小波一个人在广场发呆,孤单的影子一时长一时短,像它的主人一样无精打采。

"爸爸。"一个清脆的童音从远处飞奔而来,随后一个香喷喷的吻亲上他的面颊。这是他五岁的儿子。

猛然,王小波想起一个细节。送镜子那天,儿子是跟他一起去的,在往李家成夫人屋里安放镜子时,儿子离开他走近床边,静静地望着床上搂着自己儿子照片的李家成夫人,并在临走时轻轻吻了吻她。那个纯洁的吻像道光,霎时点亮了李家成夫人。王小波看到李家成夫人眼里闪动着泪光。

王小波想放声大叫,想唤回离开他的那些人,但张张嘴,还是放弃了。他想,我只是个愚蠢的制镜匠,这样的事,说出来也不会有人相信,即便有人信,接下来说不定又要遭什么罪呢。

乌 龙 刀

○戚富岗

　　在小城的西南隅有一家很不起眼的店铺,说是店铺,其实也就是个铸刀的小手工作坊。屋子不大,冲门口立个铁匠炉子,角落里摆着一张旧得早已脱漆的几案,案上排列的菜刀一色乌油油的黑。铁匠姓邬,人称老邬。老邬从不愿把刀拿到屋外去卖,不喊也不吆喝,他说好东西自会有识货的人找上门来的。

　　买把切菜刀有啥识货不识货的,听老邬一报价比一般菜刀的价钱高出一倍,心里马上有了一半的不乐意,再看老邬的菜刀乌黑乌黑的,不比市场上卖的锃亮,扭身就走了。老邬也不理会,低头接着忙自己的活儿。长此以往,老邬的生意自然好不到哪儿去。不过铸刀的手艺,老邬一直没舍得撂下。

　　刀铺所在的街道,由于扩建新城,如今已十分偏僻冷清。可要搁在五十年前,那可是小城的正中心,是个顶热闹的地方。三川县内也很少有人不知道这刀铺的。一位老师傅带着一个小徒弟,生意红红火火,那小徒弟就是现在的老邬。老师傅活到九十多岁,老邬就把刀铺的一摊子接了过来。老邬年轻时长得结结实实的,精神着哩,哪像近几年整天趿拉着鞋子提不起精神。听老邬说,铸刀的学问大着呢,用料、火候、力度、打磨样样都有讲究。要铸把好刀可没那么容易。他还说,他的师傅会三九二十七套铸刀方法,他只算是学通了锻铸乌龙刀。乌龙刀通体乌黑,别看样子不打眼,却是锋利无比,断铁断钢不卷边不崩刃。有人持乌龙刀跟日本的军刀比试过,三磕两碰的,日本军官手里的长刀就成两截了,而乌龙刀丝毫无损。当时老邬的名声响得震耳朵,就连京城里都有人来向老邬求刀的。求刀的人太多了,要求把乌龙刀得提前三个月订购。

熟识的人见老邬的生意冷清得寒心,劝老邬想想法子,少下些工夫,换换材料,压压成本。老邬说乌龙刀本是给习武人用的,如今太平盛世喜好用刀藏刀的人少了,自己将它改成厨房里用的切菜刀已经痛心过一次,决不能再对不住它。他还说刀是有生命的,亏欠不得。好比用粮食酿酒,少发酵一天,减一道工艺,醇香就不那么地道了。老邬不相信乌龙刀会就这么死掉,他坚信会有懂行的人。

要说懂行的人,老邬的至交郑厨子应该算一个。郑厨子的到来着实让老邬高兴了一阵子,把他的酒瘾也勾了起来。说话投机的人到一块儿喝酒往往更容易上劲,酒喝得越上劲说话也往往越投机。

"使了半辈子菜刀了,我了解。同样是把菜刀,有的看上去闪光发亮,很合人的心意,真正用起来却是几个月就锈得不成样子了,越磨越没有钢性,越磨越不好用。要是干我们这行的,一年里头就得换一两把,刚用顺手就该换了。而有的刀,一把就是半辈子的家什。就算都是炉子上一锤一锤敲打出来的,区别也大得很。用的东西不一样,手艺不一样,掏力气洒汗多少不一样,打出来的菜刀自然也不一样。"

"听说你这次要被请出国门了,我的乌龙刀岂不是也可以到国外去风光风光?做人就是得凭真本事,你这一身的好厨艺总算没有白费。"

"说啥厨艺不厨艺的,这些年我就认一个理:锅上全凭一柄勺,案上全仗一把刀,一把好刀就是半个厨子。你是知道的,这些年我特别

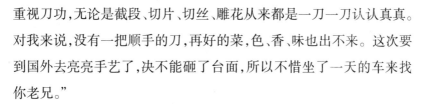

重视刀功，无论是截段、切片、切丝、雕花从来都是一刀一刀认认真真。对我来说，没有一把顺手的刀，再好的菜，色、香、味也出不来。这次要到国外去亮亮手艺了，决不能砸了台面，所以不惜坐了一天的车来找你老兄。"

"放心，保证粉得肉泥剁得排骨，越使越利，越用越亮。"

"成！仨月头上我准时到。"

"不，七日便可取刀。"

七日后郑厨子又回到老邬刀铺，却正赶上老邬的遗体告别仪式。

老邬怎么就死了呢？

有人说老邬喝了一宿的酒，又连续七天七夜没合眼睛，那么大年纪了哪里吃得消；有人说老邬和他的乌龙刀被冷落了这么多年，他是决心铸成最后一把刀后与世诀别的；有人说依过去的说法，一把好刀往往是要收了一个人的精气神的，那也必定是一把真正的好刀；也有人说一个爱刀如命的人临死铸得一把好刀，值了。

剃 脑 袋

○赵新

　　我小时候理发不叫理发,叫剃脑袋。村子里不管谁的头发长长了(当然他得是个男人或者男孩),一律要拿刀子剃,一律要把脑袋剃得精光精光。剃的过程很简单:在锅里烧上两瓢水,水热了,舀到脸盆里,把头发来来回回洗一洗,然后往墙根儿一坐,给你剃脑袋的人就下了刀子。他们手里的刀子都是铁刀子笨刀子,刀背厚,刀刃又钝,那不是剃而是刮,咯吱吱,咯吱吱,一刀一刀挖下去,疼得入骨,疼得钻心!

　　我是村里最怕剃脑袋的人。看见有人剃脑袋,我就想到了杀猪,猪被杀死之后要用开水烫,然后把毛刮下来,露出白嫩的肚皮和脊梁,和人剃脑袋有些相仿。可是害怕剃也得剃呀,想躲也躲不过去呀!

　　1947年我长到了八岁。那年夏天我该上学了。

　　爹知道我害怕剃脑袋。爹和我商量说:二小,眼看你要上学了,把你的脑袋剃剃吧!

　　我说不剃,剃脑袋和上学有什么关系呀!

　　爹说:剃剃看着清秀啊! 你三个多月没剃脑袋,看着像个闺女啦!

　　我说闺女就闺女,闺女人家也让上学!

　　爹说:二小,是学校的老师让你剃脑袋的,老师说给我好几回了。你剃不剃?

我含着满眼的泪水和爹达成了协议:第一,剃。第二,要请村里的赵清水大叔剃。清水大叔是剃头高手,赫赫有名,全村子人都说他的刀子快,刀法好,下手轻,剃脑袋一点儿都不疼,还很舒服。第三,剃的时候爹要在旁边守着我,给我壮胆,因为四十岁左右的清水大叔身材魁梧,方脸大眼,威风凛凛,嗓门洪亮,往他跟前一站,我有些胆小!

　　爹一连请了三次,才把清水大叔请到我们家里。爹悄悄地告诉我,清水大叔很不愿意到我们家里来,说一个七八岁的孩子也要点名让他剃脑袋,他剃得过来吗?你们有多么了不起?爹告诉我一会儿剃脑袋的时候要和清水大叔配合好,人家怎么说,咱就怎么做;人家是白给咱剃,咱不能挑鼻子挑眼……

　　爹一言未了,清水大叔来了。

　　那是中午,庄稼人歇晌的时候。听说清水大叔要给我这个孩子剃脑袋,院子里围了不少人。我们院里有棵伞一样的老槐树,树凉很大,树荫很浓。

　　我在板凳上坐着,清水大叔在我眼前立着。他围着我转了一圈,然后用手拍拍我的后背说:挺直了,把腰挺直了! 男子汉,你怕什么?

　　我十分紧张。我说:大叔,我胆小……

　　他哈哈大笑,把刀子一晃:胆小什么? 我剃脑袋不疼!

　　他一刀下来,我的脑袋上"沙"地一声,一绺头发落在了我的衣襟上。我又毫无缘由地想起了杀猪刮毛的场景,身子就抖了一下。

　　清水大叔不高兴了:你抖什么? 你抖什么?

　　我怯怯地说:疼!

　　清水大叔更不高兴了,连着给我刮了几刀:你大声说,是真疼还是假疼?

　　我说:真疼。哎呀,越来越疼!

　　清水大叔恼怒了,收起刀子对我爹说:赵清和,你看见了吧? 当着这么多乡亲的面,你儿子砸我的牌子,坏我的名声,臭我的手艺,这脑袋我不剃了! 我剃过的脑袋比地里的西瓜都多,谁说过疼?

爹赶紧伸手拉他:兄弟,你别和我家二小一般见识,他还是个孩子……

清水大叔扬长而去,我的脑袋刚刚剃了一半。

院子里的人嘻嘻哈哈地走了,留下一只母鸡在那里悠闲地转悠。

摸着我的"阴阳头",那天下午我没敢出门。爹下地之前说给我,别哭别闹别上火,晚上他一定想办法,把我那半个脑袋上的头发剃干净。

那天晚上月亮很大很圆。我们刚放下饭碗,清水大叔就气喘吁吁地跑到我们家里来了。他给爹深深地施了一个礼说:哥啊,对不起,难怪孩子说疼呢,原来是我拿错了剃脑袋的刀子——这把旧刀子我好几年不使了,孩子能不疼吗?

于是我又坐在了板凳上,清水大叔又拿起了一把剃头刀。

明亮的月辉里,大叔问我:二小,疼吗?

爹在旁边咳嗽一声,我赶紧说:不疼,不疼,挺舒服!

清水大叔说:疼就忍着点儿,剃脑袋哪有不疼的? 他们说不疼那是糊弄我、抬举我,他们有他们的用心;不过就是疼,你也不能当着大伙儿面说,你懂这个道理吗?

泥人胡四

○赵明宇

元城东门外胡家捏泥人的手艺传到胡四这一辈儿已经是炉火纯青了。

每日里,胡四扛着一副挑子,前头是小板凳、雨伞和杂七杂八的工具,后头是一坨掺了棉絮、揉得像面团一般的胶泥。胡四来到城里某个街巷的繁华处,放下挑子在小板凳上坐了,很快就会有小孩子围拢过来,掏出从大人那里要来的铜钱,让胡四捏一个憨态可掬的戏曲人物或者小猴子、小乌龟之类的玩意儿。也有妇女让胡四给捏一个泥娃娃,祈盼早一天抱上贵子。有钱人家的公子哥儿来凑热闹,让胡四捏一个金元宝、小猫小狗之类的,就纯属找乐子寻开心了。

除了捏泥人,胡四还塑神像。从元城护城河边上挖出来的胶泥,经过胡四的一双手就似乎有了灵性,塑出来的神像出神入化,栩栩如生。

胡四最爱去的地方是莲湖巷,为了一个名叫罗天香的富家小姐。

那一年,罗老爷请胡四来家里塑财神,胡四就在罗府里住了七天七夜。神像塑成了,将要喷彩时,环佩叮咚,异香袅袅,闪出一个娇艳的靓姐儿。这靓姐儿就是罗老爷的千金罗天香。

罗天香看过神像,拍手叫绝。又看胡四,目光里有了春水荡漾。

胡四的目光和罗天香的目光相撞的一刹，一团火焰烧得胡四要爆炸了。

罗天香"咯咯"笑，胡四才回过神来，在挑子后头抓了一把泥，顷刻之间手里就魔术一般有了两只鸳鸯鸟。罗天香双目含情地接过胡四的鸳鸯鸟，朝着胡四娇羞地一瞥，咯咯笑着，掩面而去。

把个胡四看呆了。

胡四常常在罗府门前徘徊。青色的粗布衫浆洗得新崭崭的，换了一块干净头巾，买了一双千层底的靴子，为的是看到罗天香。胡四心里明白，自己是一个穷手艺人，哪里能攀得上罗家的小姐啊。尽管这样想，胡四还是浇不灭心中的那一团火焰，哪怕能看看罗天香的身影也是一种享受啊。

一个月、两个月过去了，直到罗府门前树叶泛黄，胡四也没有看到罗天香，却听到罗天香和东街绸缎庄吴老板儿子结婚的消息。胡四就没有心思捏泥人了，像霜打的茄子一样扛着挑子，落魄地回家来。

不久，胡四又听说吴老板儿子被枪杀了。吴老板的儿子是大名七师的学生，参加了共产党。

胡四早过了婚嫁年龄，高媒婆为他介绍刘石匠的女儿，胡四断然拒绝了。那就到罗府提亲吧？胡四叹一口气说，咱不配，哪里能玷污了罗小姐。这一拖，十几年过去了。

胡四再一次见到罗天香是在莲湖巷口。罗天香回娘家，腋下夹着小包袱。胡四忍不住喊了一声"罗小姐"。罗天香回过头来，胡四就见罗天香消瘦了许多，虽然面色苍白，却掩不住少女时期的美丽。罗天香冲着胡四笑笑就急匆匆地走了，一溜细碎的脚步踏在青石板上，踩得胡四的心里酸酸的。胡四眼睛里闪烁着泪花，望着罗天香的背影呆若木鸡。

胡四一生未娶，每天天一亮就扛着挑子到城里捏泥人，生意依然是红红火火。隔三差五的到东街绸缎庄扯几尺花布，偶然还能看到罗天香。新中国成立后，公私合营，罗天香做了站柜台的售货员。胡四进进出出，在罗天香眼前闪动了几十年。几十年下来，胡四的头上就像落了一层雪。

最后一次踏进罗天香商店的门，胡四说，夫人，我为你捏一个泥人吧，和你做做伴。罗天香说，别了，我不寂寞。罗天香说着从抽屉中拿出一对泥捏的鸳鸯鸟。

胡四心里咯噔一下。回家，病倒了。

胡四的三间上房分为厅堂和卧室，卧室的门常年挂一把锁。一场大雪纷纷扬扬地落下来，胡家族人多日不见胡四出门，硬是把胡四的卧室撬开了。

人们惊呆了，卧室里站着几十个衣着华丽的女人。仔细看，却是泥塑，和真人一般大小，正是罗天香不同年龄段的塑像，竟然如此的逼真。

胡四躺在床上，身体已经冰凉了。

酥皮糖糕

〇张凯

　　一绝巷紧靠淮河码头,因淮源人没有忘记王拐子门前那块"清宫御点"牌匾,愣是把酥皮糖糕当作一绝。

　　就像天津卫的狗不理包子云南的过桥米线一样,一绝巷的酥皮糖糕也是有历史典故的。不然,县志办的人也不会三番五次地来找王拐子,非要他在《地方美食》这一章节里,把酥皮糖糕的来龙去脉说个仔细不可。王拐子今年六十有八,是酥皮糖糕的正宗传人。他做人也同他制作糖糕一样,斤是斤两是两,从不含糊。他清楚,虽说这"清宫御点"的牌匾挂在了自家门前,可王家并没有资格独享专利。

　　光绪年间老佛爷慈禧路经这里时,为她做糖糕的是两个人而不是一个人。他们都早已作古,一个是王家的先人,另一个便是对门街坊仇俊发。为争这块匾额,两家人明争暗斗了几辈子。自从王拐子被爹打跛了腿,仇家人带着痴恋上王拐子的独生女儿远走他乡,这"清宫御点"牌匾才算稳稳当当地挂在了王家的门口。如今,挂着它招揽一下生意倒还可以,真要是白纸黑字地入书立志,王拐子自觉问心有愧。

　　王拐子如果不说,这酥皮糖糕的故事怕真的就要失传了。晚清时节,这巷子口原本有两家糖糕铺子,做出的糖糕各有特色,难分伯仲。刚好那一年老佛爷巡游四方,船泊码头,她一时心血来潮要品尝一下民间小吃，王、仇两家便遵旨把糖糕奉上龙船。那天老佛爷玩得高兴，胃口大开，把仇家的糖糕一口气吃了三个，连声称好。端上王家的糖糕时，不知为何她只咬了一口便放下了。自此，王、仇两家糖糕孰高孰低算是被老佛爷的金口玉牙一咬定了音，"清宫御点"的牌匾此后便一直挂在仇家门口。

王拐子自小就能体察到王家人对仇家人的敌视。他倒觉得仇家人蛮好，仇家的糖糕也蛮好吃的。尤其仇家妮子那双会说话的眼睛，常引得他抻着脖子往街对面望。他不明白，老爷子为什么会动那么大的肝火。那天，他只不过想给仇家妮子送一担从荆山白乳泉里担回来的泉水，还没挑到仇家门口，竟被发了疯似的老爷子失手打残。人丁不旺的仇家无意再与王家对峙，一天夜里便搬出了家什人去屋空。

残了腿的王拐子更是倔强，他一辈子没有结婚，他用这种独特的方式报复了只剩他一根独苗的老爷子。

近日对面新开了一家糖糕店。店主是个中年汉子，姓卜，朝鲜族人。这店一开，王拐子的"清宫御点"便一日不如一日。这天趁顾客多的时候，王拐子也混进店里看了一眼，一看顿觉耳目一新。小店干净温馨，雪白的桌布，锃亮的桌椅，墙壁上挂着些极富民族特色的小饰品。为糖糕佐餐的是口味极佳的朝鲜族咸菜、辣白菜、道拉吉，还有白白嫩嫩的豆腐脑。

姓卜的店主认出了王拐子，热情地请他就座，叫上糖糕、小菜让王拐子品尝指点。王拐子本意是来刺探情报，这一来倒叫他愈加羞愧。店主说本来在延边生意做得挺红火的，可寡母年纪越老越怀旧，非要回到淮源开店不可……王拐子一震，刚咬了一口的糖糕掉在桌上。店主并未察觉，仍旧侃侃而谈。他说开这店全凭阿妈早年的手艺，只不过后来融进了打糕的做法，多了几道工序，口感就更没说的了。

王拐子不知自己是怎么走出店门的。从此一绝巷的人们再也没有见到他做糖糕。他家门上的那块"清宫御点"牌匾也不知何时摘掉了。

这日，王拐子从城郊的荆山白乳泉里挑了一担泉水下来。此刻他才明白了老爷子当年为何下那狠手。用这泉水和面炸出来的糖糕格外酥软香甜，仇妮的手艺虽然无人能比，但细细品尝口味还能觉出水管子的铁腥气和自来水里的消毒剂味。王拐子一瘸一拐地挑担走过一绝巷，当要叩响卜家大门时，万千感慨涌上心头。嘿，送这一担水，竟然足足走了半个世纪。

张二平头

○张居祥

    张二平头是盱眙黄牌街的一个理发店,店虽小,名气却大,是一家百年老店。当年,山城著名书家张聿,第一次来此理发后,欣然命笔题了店名:张二平头。还赠对联一副:试问天下头颅几许,且看老夫手段如何!口气颇是豪壮,老主顾们都说,这副对联,还只有张二当得,别人不配。

    张二剃头,推剪刮按,样样称绝。尤其是推平头,更是他的拿手绝活儿,客人到张二的店中,不消久等,手推在手,长臂轻舒,眨眼间,活儿就做完了。张二的绝技是从祖上传下来的,从父亲老张二那里学来这套本领后,张二苦心经营,加上他待人极和善。所以生意做得越发红火。张二膝下无子,不惑之年才生得一女,叫英子。如今英子已成年,模样极标致。有一次,她往小店里一站,整条街的后生都涌来,让张二将他们爆炸式的发型推成平头。

    可张二眼下碰上一桩棘手的事,他想将手艺传给英子,可英子心气高,看不上父亲的手艺,闹着要到省城去学美容美发。眼看着张二平头后继无人,张二心里堵得慌。

    那天半壶酒下肚,张二问英子:"不学爹的手艺?"

    英子低着头,话却说得坚决:"不学!"

张二脸一沉:"为什么?"

英子说:"平头不好看,老头子才剃! 年轻人谁稀罕。"

张二一愣:"那天,一条街的后生都来推平头,不好看?"

英子就偷偷地笑:"不好看!"

张二摇头说:"山上雷达站那些当兵的头,可都是我剃的,也不好看?"

英子说:"可那是白剃,不挣钱!"

张二脸一黑,把酒杯猛地往桌上一放:"就算你学了那玩意儿,也得为那些个兵推平头!"

英子还是去省城,张二的生意有点冷清。除了几个老主顾,就是山上的那些兵。看着满大街的年轻人那种各式各样的发型,张二有些心酸!

半年后。英子回来了,英子对张二说:"爹! 您老忙了一辈子,也该回家享享福了,把店交给我吧!"

张二说:"交给你行,那你得学我的手艺!"

英子说:"我学它干吗啊?"

张二神色黯然:"给那些兵推平头。"

英子不吱声! 英子有自己的打算。英子想把这店重新装修一下,做美容美发生意,挣大钱。

"算了,不难为你了! 你也做不来!"半晌,张二叹了口气说,"可你要记得,要不是那些兵,淮河发大水那年,你早就没命啦!

英子嘴巴动了动,没吱声。

张二一宿没睡。天没亮,就把吃饭的家当拾掇拾掇,用早年的剃头挑子一挑,走了。英子跟在后面喊:"爹,您老回家歇着,这儿有我呢!"张二头也没回。只听见剃头挑子"吱呀——吱呀——"

英子站在门口,有点发愣,忽然听到小巷深处传来一声:"谁——

剃——头——"声音苍凉得让人想落泪。英子有点后悔!

张二没回家,他挑着剃头挑子,一路吆喝着上了山!来到雷达站营房门口,让站岗的老兵一愣。忙问他出了什么事,张二说没什么事,就是想再给大家推一回平头!

老兵就乐,说:"大爷,要剃头我们自个儿去不就得了,还烦您老一大早挑着挑子跑来啊!"

张二说:"也许这是最后一次了!"

老兵听了不敢怠慢,说:"大爷,您老先进屋歇着,我告诉连长去。"

连长笑着进来,对张二说:"您老来得正好,我这新兵刚到,老兵要退伍,三百多号人,您老啊,住下来慢慢剃。"

张二很兴奋,说:"好久没活儿做了,今天就让我过个瘾,你把战士们都集中起来,我一口气把活儿干完!"

连长说:"大爷,您开玩笑了……"

张二急了:"谁跟你开玩笑! 这回让你们见识见识我的手段。"

连长赶紧命人吹号集合。

新兵老兵,三百多号人,齐刷刷地坐在营房前的空地上。早晨的阳光金子一样洒在山坡上,也洒在张二的脸上。只见他神色庄严,将挑子中的家伙一字排开,然后,左手执四把剪刀,右手执一把推剪和一把桃木梳。双手上下翻飞,手中剪刀、推刀并用,像一群银色的蝴蝶,翩然起舞。剪刀过处,战士们的头上,一寸来长的头发,一根根精神抖擞地直立着,像割过的韭菜,地上落了一溜一溜的头发,像是一条条的黑缎子。山坡上,早已围满了看热闹的人,屏气凝神,像是在看一场表演!

日头过西,张二长舒一口气,像是完成了一项庄严的使命,人一下子就瘫了下来。一直躲在人群中的英子冲上前去,扶着父亲,泪流满

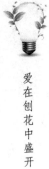

面。

　　十天后,装饰一新的理发店重新开张了,店名仍叫"张二平头",店主是英子,英子郑重地把那副老楹联挂在刚漆过的红彤彤的立柱上。

鱼 化 龙

○徐水法

古城龙游的龙渊老街,百店云集,万货铺陈。

街上有两家木器店,鲁记和周记。鲁记是外来的,自称艺承祖师爷鲁班,家传手艺,世代相传,尤以雕刻为最。开张数年,生意一年比一年好,大有凌驾沿街数十家木器行之上的势头。龙游城里乡下,一般建筑高档宅院,亭台楼榭,鲁记渐渐成为首选。

周记是世居,祖祖辈辈是龙游人,手艺精湛,老少无欺,同行里口碑极佳,一向是龙游木器行的龙头。周记看上去店面气派壮观,其实生意已经逊于鲁记。外来的鲁记以其徽派建筑的精雕细琢,分去很多生意。周记当家的极力想扭转这个局面,夺回龙头老大的位置。

龙游城西横山后一对徐姓兄弟双双考中贡士,兄弟俩决定共同出资建造房舍。消息传出,各路木器店老板纷纷上门揽活,最后剩下鲁记、周记两家角逐。徐氏难以取舍,兄弟俩一商量,万事总有个开头,这次我们创个先例,给两家木器行各一根上好的合抱楮木,不是说雕梁画栋吗?请两家各派高手,先把这巨木雕成栋梁再说,胜者担徐宅的木工活。

约定的时间到了,双方各抬出雕刻精美的栋梁。鲁记是方梁,梁上刻满唐人诗意图,格调高雅,刻法细腻,画上的人物花鸟,栩栩如生,见者无不赞好！周记是圆梁，梁上祥云翻滚，神龙腾跃，白玉微瑕的是仅有龙身龙尾没有龙首。刀法粗犷大气，俨然王者风范，气势逼人，令人肃然起敬。徐家长者问周老板：为何不见龙首？周老板答：此为潜龙勿兴，龙首一出就是飞龙在天，恐被人诟病。东家放心，到上梁之日，我一定让龙首露出，给你一个满意的答复。

鲁周两家手艺各有千秋，不分上下。徐家就折了中，主厅给周记，前厅、辅房给鲁记。这也不是什么偏心，王者气派这样一个吉兆，没有谁不喜欢的。

吉日一到，周记工匠把包了红绸的主梁升空搁在栋柱之上，就等吉时一到，掀开红绸，敲牢榫头，就算大功告成。突然，一队官兵冲进工场，把徐家团团围住，说有人举报徐家大厅梁柱雕刻飞龙在天，有谋反之意，特来查证。徐家人顿时傻眼了！

周记老板倒是不慌不忙，对官兵长揖在地，说："……梁上雕刻和东家无关！造房是百年大计，请长官稍等片刻，吉时一到，自见分晓。"说完，周老板"噌、噌"几下，爬上栋柱，抬起头，用左手挡住阳光，目测一下时辰，对面的一个工匠也在柱旁站立等候。少顷，周老板高喊一声："吉时到，上梁！"随即和对面工匠一起，同时用斧背狠敲梁的榫头，把它敲进榫眼里，然后两人一齐用力扯开梁上缚住红绸的活结，"刷"的一声，红绸凌空飘下。一大团木屑刨花随着红绸一起飘落地面，架好的横梁以其绝世艳容惊呆了在场的所有人。

整个画面是一条条鲤鱼在戏水，每个鱼头都翘首向天，鱼尾就是此前大家看到过的龙尾。"鱼化龙！"人群中有人禁不住叫出声来。对啊！徐家兄弟俩同时考上贡士不正是鲤鱼跳龙门吗？

更奇特的是这些鱼化龙，波浪、鱼身都是镂空雕，里边还有一组组的浮雕缀满鱼身腾跃的空间，如书画斗方一样。"仙鹤衔灵芝"、"灵鹿叼如意"等，不要说观看的人群，就连鲁记老板，看了都叹为观止。

粗雕、细雕、圆雕、浮雕、镂空雕,这才是雕刻的极致!鲤鱼跳龙门。官兵也没话可说,只好骂骂咧咧撤了……

　　技不如人,鲁记决定遣散工匠,收拾返乡。周记老板敲门而入,鲁老板迎上前去。"我知道周老板会来,不过不劳你上门来赶。技不如人,我走得心甘情愿。只是有一事信不信由你,官府举报之事不是我干的。"

　　周老板上前:"鲁兄错了。我是来挽留你的,我只是希望你别走,一定要在龙游留下来。"见鲁老板疑惑,周老板接着说:"当初你没来时,我自忖在龙游稳坐第一,不思进取。你来了以后,抢了我许多生意,我才醒悟,暗地里让儿子们出门求艺,刻苦学习技术,才有了这次超过你的机会。看来,没有竞争就没有进步。所以我真心希望鲁兄留下来,做个朋友也做个对手,我们在技艺上一直斗下去。不知鲁兄是否愿意?"

　　鲁老板感动得大步上前,两双生满老趼的手紧紧地握在了一起。

豆 腐 王

○云风

　　他姓王,人称豆腐王,做了一辈子豆腐。豆腐王人硬货也硬,每天绝不多做,只做两盘,每盘二十块。天一亮,拉上一盘,高分贝喇叭一放,绕城郊一圈儿,保准半块儿不剩,起晚了你就甭想吃上热乎的。但豆腐王从不忘给刘大爷捎上那么两块儿——刘大爷牙不好,就爱这一口儿。这自然也成了他的习惯。

　　豆腐王做豆腐,别说,还真有一手。老式的电磨,两块砂轮片子调得精细,泡得胀鼓鼓的豆子一倒进去,就变成乳白胶似的白浆,细得根本看不见渣子。再经细纱布一滤,大锅那么一熬,就是一缸纯白透香的豆汁儿。然后舀半瓢卤水,蜻蜓点水般缓缓滴入搅得翻滚的豆汁儿里,不多时,成脑的豆腐就如片片雪花沉积在缸底了。接下来,摆正豆腐栅,铺好豆腐包布,左一瓢,右一瓢,泼上豆脑,合严包布,盖上压板,压好石块,挤出的浆水就如小瀑布般,四面倾泻下来。半个时辰后,揭开包布,翻盘,那白嫩如玉的豆腐就展现在眼前了。吃一口,清香甘甜,入口即化,沁人心脾。

　　豆腐王卖豆腐从不吆喝,弄一电喇叭,也不放录音,只放音乐。三九严冬,也不含糊。狗皮帽一戴,嘴里喷着热气儿,任胡子眉毛全挂着白霜。有买的,他接过小盆,操起铲子,切下两块,送到盆沿儿,铲子一抽,冒着热气的豆腐就在小盆里了。乡里乡亲,豆也换,钱也卖,账也赊,多一点,少一点,他从不计较。赶上刘大爷出来了,爷儿俩常唠上几句,寒天冷地的,热气儿直喷。

豆腐王艳福也不浅,老婆长得如花似玉,人称豆腐西施。尤其那奶子大得要命,又穿个低胸衫,雪白的胸脯,不管哪个男人都想瞟上几眼。尤其是城郊那二流子,贼眉鼠眼,甚是好色,买豆腐时,眼不离胸,垂涎三尺,忍不住,硬是摸了一把,不偏不斜被豆腐王撞个正着。豆腐王二话没说,端起装满豆腐的盘子,扣他个满脸开花,要不是旁人拉着,非叫他站着来躺着回去不可。从此二流子再也不敢往豆腐王跟前站了。

在那疙瘩,说是谁家死了人,就是白事,得吃豆腐。不管哪家他都给整,可偏不给二流子。二流子游手好闲,在城里鬼混,逛歌厅,泡小姐。有一次干完那事儿他却没有钱,叫人家一顿狠揍,回家不久就断了气儿。豆腐王"呸"地吐了口唾沫,破口大骂:"败类!什么玩意儿!死有余辜!"说什么也不给他整,二流子家人只得跑了很远到别处去买。

可刘大爷死的时候,豆腐王一身大孝,亲自做了一桌豆腐席。他记得刘大爷临终前,颤颤巍巍地握着自己的手,断断续续嘱托了一大堆的话,之后泪流满面,痛不欲生。他自己也一脸阴沉,可最后还是点了点头。豆腐王把刘大爷留下的钱,全捐给了小学。大家都知道,今年的一场大雨把学校冲垮了,孩子们还在草棚里坐着小木凳读书呢。豆腐王寻思着,怎么着也不能耽误了孩子,捐了钱,也算帮刘大爷做了件好事,虽然那钱还有那么点"说法"。

豆腐王的老婆是俊俏,可偏偏撒了种子长不出苗。刘大爷死的那年,豆腐王收养了一个孤儿,做了自己的干儿子。二十年后,这小子心灵手巧,豆腐做得花样繁多,胜过豆腐王当年,人称小豆腐王。豆腐王

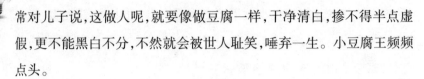

常对儿子说,这做人呢,就要像做豆腐一样,干净清白,掺不得半点虚假,更不能黑白不分,不然就会被世人耻笑,唾弃一生。小豆腐王频频点头。

在豆腐王悉心教导下,天资聪颖的小豆腐王很快承其衣钵,高度发扬"豆腐传统"。于是他的豆腐就如同他的人品,远近闻名,家喻户晓。好人品自然不愁好媳妇儿,豆腐王左挑右选,百里挑一,娶了一个儿子愿意、老人喜欢的俏媳妇儿,不久又生了个大胖孙子,一家人和和睦睦,其乐融融。豆腐王这才缓缓舒了口气儿——心里的一块石头总算落了地。因为在他的心里始终装着刘大爷的临终嘱托,生怕有一点闪失。刘大爷说:二流子是我的儿子,他的孩子就全靠你了……

豆腐王寿终七十八岁。走时无疾无苦,神态安详,了无牵挂。对着不是生父却胜似生父的父亲,小豆腐王哭得稀里哗啦,悲痛欲绝。他含泪挥舞工具,连夜做豆腐整整八盘,围其左右。凡是来吊丧者,皆以两块相送,以报平安。于是,那朦胧缥缈的白雾就在豆腐王的身体上袅袅上升,宛若洁白无瑕的灵魂,离开躯体,向天堂缓缓而去。

从此,人们就称小豆腐王为豆腐王了。

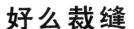

好么裁缝

○陈华艺

　　家住官田里的好么裁缝可以算得上是裁缝世家,他爹、他爷爷、他太公都是诸暨县出南门一等一的裁缝。据说,好么裁缝的上代给人做衣裳,不管料好坏,事先一定得用纸先做一遍,让顾客穿着,然后再根据得体程度进行细心修改。想想,如此不厌其烦一丝不苟做出来的衣裳,又怎会不好?

　　到了好么裁缝手里,做衣裳虽说早已用上了被新州人称为洋车的缝纫机,而再也不用手工一针一线的缝制,可从祖上传下来的家风却半点也没有改变。因此,经他手做出来的衣服总是格外合身。难怪村里最爱讲笑话的友木细眼要说,穿上好么做出来的衣裳,哪里还是衣裳,简直就是长在身上的第二张皮!

　　虽说手艺奇好,好么却半点也不傲。每当一衣做成,总是叫顾客当面穿着,然后前三圈后三圈狗旋坟头般地转,嘴里一个劲的问:"好么? 好么?"直到顾客将头鸡啄米似的乱点,不绝口地叫好为止。"好么"的绰号,便是这么来的。

　　去年正月,厅背后的肖飞好佬在城里当了局长,清明日开着辆宝马回新州上坟。待整整一箱炮仗放落,便马不停蹄地来到官田里,着急着爆地叫好么裁缝给他做几套衣服。说是这人也不晓得怎么搞的,以前穿着蛮好的衣服，三不知统统变得前摆短后摆长不合身起来。好么就接连为他开了几个夜工。三天后，秘书天不亮来取，说是一早局长要陪市长到下面视察，这衣服立马造桥得穿。当夜，新州人果真在电视里看到了肖飞好佬，他身上阉鸡毛似的一套服装，果然硬把市长的一身名牌给比了下去。

仅仅只隔了大半年，肖飞好佬又悄悄地来找好么裁缝，说是去年做的那几套叫他出尽风头的衣服，不知什么缘故，一下子又变得不合身起来。好么也不答话，随手接过料子，径直裁剪起来。肖飞好佬不放心地说："好么叔，你这样的量也不量，直接就做……"未待他把后面的话讲完，一向谦虚的好么裁缝抢过话头儿，很自负地说："闲话一句，保证叫你满意就是！"

过了几日，肖飞好佬亲自来取衣服。一穿，果真是缺嘴佬咬卵，一丝也不推板！

消息传出，村里的一班闲人颇觉稀奇，拥簇着到官田里问原因。实在纠缠不过，好么裁缝将五根又细又长的手指在桌上不轻不重地笃着，笑道："这做衣裳不能光量身子，更得看心情。就拿肖飞好佬来说，去年他官运亨通当了局长，昂首挺胸目空一切，所做的衣裳就得前摆长后摆短。而今年他丢官革职差点敲破饭碗，人一下子变得灰头土脸抬不起头，所做的衣裳自然要反一个面，换成前摆短后摆长了！"

一班闲人听了，全一愣一愣的，面面相觑，久久无语。

鼓　王

○鸿琳

　　在我们小镇有人不知道镇长,却没人不知道鼓王的。每当听到"咚咚"的击鼓声,镇上的人就会说,鼓王又在试他制好的新鼓了。

　　鼓王姓伍,快八十岁了,老伴前些年走了,又不愿意跟做官的儿子进城,就独自守在镇上的老宅里。其实小镇的人都知道,鼓王是不想抛下他那大半辈子的制鼓技艺罢了。

　　鼓王十七岁开始跟父亲学制鼓,年轻时挑着一担行头走街串巷足迹遍布闽西北,那年头兵荒马乱的,赚口饭吃不容易,也幸亏有这手艺。用鼓王自己的话说,整整做了一甲子的鼓了,做出的鼓大大小小总有两三千面,也对得起"鼓王"这个称号了。这话不假,鼓王制作的鼓经久耐用,音色厚重,余音清纯,缭绕不绝,堪称鼓中精品。

　　鼓王制鼓精工细作,一丝不苟,刨、铆、钉、削、蒙、雕、画、漆,大小十数种工艺,不来半点虚假。鼓桶必选上好的老杉木,还不能有疤节,有疤节会影响鼓声的回音效果,出现杂音,这是制鼓行当最忌讳的。蒙鼓面定要用老水牛的皮,那才坚实有韧劲。一般的鼓桶需制成椭圆形,这就在备料时得掌握一定的弧度,每块拼桶的料板规格大小厚薄和弧度都得一样,箍桶时是绝不能用铁线或蔑条的,必须在每块料板之间用手工锥钻钻出小孔,再用煮过的防腐竹钉铆接。鼓桶做好,得让太阳暴晒三天,以防木料回潮,这样才不至于会收缩开裂。接下来一道很关键的工序就是蒙鼓面,牛皮先用碱水泡软,鼓面蒙上后还得用棕绳和木梭绞紧,待水分蒸发后,用竹钉将牛皮牢牢钉在鼓桶边沿。密密麻麻的竹钉呈梅花状排列,错落有致,这样才能将牛皮钉得牢固。接下来就是抛光,打理,上朱红大漆,有些鼓桶身上按照货主要求还会画上龙凤呈祥图。鼓王笔下的龙凤虽寥寥几笔,却栩栩如生,呼之欲出。最后鼓王还得试鼓,擂、敲、砸、刮,鼓声或轻或重或缓或急,鼓王边敲边听,哪怕有丁点儿杂音,都不满意,必定返工重做。

鼓王制鼓还有个规矩,就是现定现制,他从不先制好鼓来等买主,一是买主需要的规格不一样,二是鼓王认为他这辈子制鼓有定数,不能滥制。对于鼓王来说,鼓是有灵性和生命的,每面鼓都得有它的主人。一般一个一尺面宽的鼓,鼓王从备料到交货得花整整五天,有时货主等得急,就会催他。可鼓王从不理会,他有自己的说法,制鼓是精工细活,不能偷工减料坏了自己一世名声,你要等不及到别的地方买去啊。这十里八乡现在也就鼓王还有这手艺,急也没办法,谁叫他是鼓王呢?

上了岁数了,鼓王就老得快,花白的头发已掉得差不多了,背也驼了,瘦,身子像根弯了的竹杆,做活也没以前的风风火火,显得慢条斯理的样子。平日里鼓王口中总叼着一根竹烟管,喷云吐雾的,也许烟抽多了的缘故,常咳,那咳声也像擂鼓一般,惊天动地,末了伸长脖子喘气,像只鸭。

鼓王老了。镇上人都这么说。

鼓王的确老了,老了的鼓王在开春时候就收了个徒弟,徒弟年轻,不喜说话,但很聪明,许多活一点就通,人前人后总是师傅长师傅短的。鼓王就很满足,逢人就夸自己收了个好徒弟,不再担心自己手艺会带进棺材去了。收了徒弟的鼓王一般就不干活了。徒弟做活时,他就蹲在一边看一边抽他的竹烟管;时而指点一番。到入秋时,徒弟竟能制出像模像样的鼓了。又过了半年,徒弟制出的鼓看起来和鼓王制的鼓已分不出两样,可奇怪的是鼓王就是没有让他出师的意思,徒弟就显出着急的样儿。

鼓王明了徒弟的心思,就问,都学成了?

徒弟就点头。

鼓王就说,学成你就走吧。

徒弟就走了,鼓王也不送,只是看着徒弟的背影轻轻叹了口气。

不久,徒弟在小镇办起了一家鼓厂,还注册了商标,那商标的名称就叫"鼓王"。

自从徒弟的鼓厂办起后,鼓王的门庭就冷落了。有人就说鼓王教出徒弟,丢了饭碗。鼓王听了也不答话,常常一人坐在院子里那棵枫树下"吧嗒、吧嗒"抽竹烟管,迷离的日光落在徒弟厂子的屋顶,显得空空蒙蒙。

也不知哪一天,就有人砸了鼓厂的招牌,都说,那鼓一开始声音洪亮,可用不了多久鼓面就松沓了,鼓声黯然失色。

还有人说,什么"鼓王",徒有虚名。

急火攻心的徒弟就提了礼物来找鼓王,他想鼓王一定还有绝活没传授给他。

徒弟来的时候,鼓王正在专心致志制一面鼓,见了徒弟,也没吭声,依旧低头蒙着鼓面。

鼓制好后,鼓王就病倒了,再也没起床。弥留之际他死死拽着守候在床边的儿子不松手。儿子就伏下身问父亲还有什么要交代的?儿子听了鼓王断断续续话语,一下就变了脸色。鼓王就死死瞪着儿子看,不松手。直到儿子点了头,鼓王头一歪,就闭了眼。

儿子提了那面父亲最后制作的鼓去了鼓厂。见了父亲的徒弟,儿子说，我父亲临终时让我转告你，蒙鼓面的牛皮要一定要取横向面，绝不可取竖向面，因为只有横向面的牛皮张力大，泡了水的牛皮干后越绷越紧，这样鼓面才不松沓。

徒弟接过鼓，叫了声师父，"扑通"就跪倒了。

鼓王出葬那天，全镇人都来给他送行，走在最前面的除了鼓王的儿子，还有鼓王的徒弟。徒弟一槌一槌敲着鼓王留给他的鼓，那"咚咚"的鼓声悲伤沉重，回荡在晨雾迷茫的小镇上空。

宫廷罂粟

○王斌

"一口香"生意正红火的时候,杨八决定让小青去读书。小青那天流了一晚上眼泪。

走的前一天晚上,小青在厨房待了好长时间。

出来的时候,给杨八恭恭敬敬端来一盘面条一样亮晶晶的东西,说,哥哥尝一下这个。

杨八看看小青,夹一口放在嘴里慢慢嚼。好一会儿,兴奋地说,太好了。这是什么东西?

小青说,叫擀面皮。

杨八说,好一个擀面皮。入口异香悠长,越嚼越筋道。

小青说,这种擀面皮可是清朝慈禧太后吃的。

慈禧皇宫里的东西吃腻了,就骂御膳房无能。有个叫陈天的人突发奇想,大着胆子做了这样的一盘擀面皮。慈禧一尝,好吃,立刻赏陈天黄金千两。但是后来有人揭发了陈天做擀面皮的秘密,陈天被凌迟处死,非常凄惨。

做这种擀面皮时,面粉与清水沿同一方向和成面团之后,另换清水继续轻揉,直到洗出擀面皮的附带品面筋出现。然后沉淀洗面筋的面水,倒掉上层清水,在沉淀好的面糊中加入适量发酵粉,搅匀后放置温暖处发酵十小时以上。这时面水成微酸的面糊,立刻把面糊放上蒸笼蒸到半软不沾手时出笼,快速擀开,擀面皮就成了。作料中辣子最为关键。辣椒文火翻炒,直到辣味和香味散发、辣子鲜红发亮时碾成辣椒面,放入瓷制的辣椒罐中,加入少量盐和五香粉搅匀。青油加热放到不冒油烟时,分三次倒入辣椒罐,滴入香醋少许,马上搅动辣椒。这时候会看到辣椒再次沸腾,一股香气腾起。这叫"激香"。之后又加入少量白糖,这叫"润色"。经过这两道工序后的油泼辣子红润厚重黏稠,香味扑鼻。

杨八听呆了!

小青又接着说,那个陈天是我家先祖。当年爷爷教我爸爸做擀面皮的时候,我偷偷学会了。我就要走了,今晚我把"擀面皮"的制作方法教给哥哥。哥哥经营有方,一定可以成功的。

杨八一听百般拒绝,但最终还是没有拗过妹妹。

可是不知什么原因,直到两个月后,杨八才在店里推出了擀面皮。虽然很受食客青睐,但他每天却只卖十盘,一人只卖一份。规矩一出市场哗然,食客颇有微词。

杨八对别人的议论丝毫不理会。一有时间,就在操作间里捣鼓。

一晃就是几年。

小青大学毕业去了美国留学之后,杨八对擀面皮的研究已到了如痴如醉的地步,因擀面皮诡异的经营方式,终于招来了麻烦。

是一个夏日。近十二点,店里风风火火闯进一位年轻人对杨八大喊,我要四盘擀面皮,带走。

杨八说,小老弟。我的规矩你是知道的。我确实有难言之隐,请你多多理解。

年轻人说,也请杨老板理解一下我。人家几千公里来我家做客,想尝尝你的擀面皮。可你只卖一碗,让我怎么回去。再说,规矩是死

— { **178** } —

的人是活的。你可以改改呀。

不行！这规矩不能改。

年轻人急了，大喊，杨老板，开始时是你的臊子面不能喝汤，神神秘秘弄得你妹妹去陪酒。现在，你又来个擀面皮一人只卖一盘。就没见过像你这样的生意人。我看你是让擀面皮弄神经了。你这样做是欺我陇州无人。你这擀面皮是不是有问题……

"砰"，年轻人还没说完，已被杨八一拳打翻在地。

杨八双眼冒火紧握拳头，高声大喝，我的擀面皮就是这么个卖法，谁也无权干涉。这几年来我不停研究，就是想把擀面皮做得更好。我杨八问心无愧。有谁胡说，就请法庭上见。

杨八似乎很受那件事的刺激，以往那个遇事稳重成熟的杨八不见了，开始变得喜怒无常，急躁。

妻子忍不住把电话打到了美国。

小青回来那天，杨八正病倒在床。不到四十岁的人却干瘦如柴，以往的精气神荡然无存。

小青看到杨八忍不住哭起来，说，我明明知道哥哥好学而又善良，却把辣子作料的秘密告诉了你。当年，先祖怀疑罂粟粉有毒，但他为了创出一种新食品让慈禧开心，就偷偷在辣子中放了很少一点，是想弄出擀面皮辣子的异香。没想到惨遭灭门之灾。现在，罂粟又把哥哥折磨成这样。是妹妹对不起你呀。

杨八忍不住流出眼泪，说，擀面皮是我见过的最好的小吃。这些年我一直不停奔走。我几乎找遍了中国所有的专家，也没研制出罂粟的替代品。我决定放弃擀面皮，让它自生自灭吧！

小青擦干眼泪，拿出一份档案说，哥哥，你先别急，看看这个。这是美国专家做的权威鉴定。也算对先祖的一个交代吧。

那是一份英语化验报告，后面附有详细的汉语翻译。

在最后一页,杨八看到了这样一句话:不超过 0.02% 的罂粟粉可用于食用,对身体没有副作用。

　　杨八看得仔细,突然一口鲜血喷在了床单上。

紫 记 儿

○红酒

紫记儿是个人名,可听起来不像。

紫记儿出生那天细雨,有燕子在屋檐下飞进飞出忙碌地筑巢。

记儿的娘一脸倦意地倚在床头,苍白俊美的脸上却是笑意盈盈。她目不转睛地望着锦丝小被中裹着的粉团儿似的女儿。

娘把慈爱的目光落在女儿嫩嫩的肩上,那儿有片紫红色的胎记,顺肩洒下,像一朵朵滴血的梅花。长有梅花胎记的人不多,记儿的胎记在右肩。于是,紫记儿就成了女孩的名字。

桃花溪紧紧地偎着凤台山蜿蜒向东,溪流岸边,青竹成林,密密匝匝的榆叶梅分驻碎石小道两旁。纵深处有几处院落,被浓绿覆盖,影影绰绰,时隐时现。

紧靠竹林的三间瓦房是记儿的表哥家,这会儿柴门半掩,几只鹅昂首振羽,追逐嬉戏。屋前有两株垂柳,一阵暖风袭来,枝条摇曳,树影婆娑。南厢房房门洞开,有一白衫少年伏在矮桌旁,正在一截翠竹上专注地刻着什么。

白衫少年名叫陆子方,出身竹雕世家,自幼师从家学,深得真传且又有新创,尤其擅长花鸟鱼虫,巧夺天工。

陆子方小小年纪,性情不免顽劣,常和表妹紫记儿手拉手下水捕鱼捉蟹摸虾。累了,俩人就并排坐在溪流边,脚丫子一下一下击打着水流,一任鱼儿贴着光洁的小腿游来游去,也有调皮的鱼儿轻啄记儿白嫩嫩的脚指头,直痒到俩人心尖尖里。

紫记儿蓝花小褂,肩上的梅花胎记赫然入目,陆子方用手指沿着胎记边缘轻轻勾画,说记儿妹妹有个会开花的肩。

少年陆子方回到家后,将摸到的黑鱼青虾放入缸中,一改顽劣模样,凝神屏气细细观察那些活物的姿态神韵,一看就是半晌。

看足看够后就到园子里砍些青竹回来,信手雕刻。青虾长须,红尾鲤鱼,仿佛无水也会游;铁头蟋蟀,碧绿蝈蝈,由不得人观看时用手捂着,生怕有个闪失,虫儿就会蹦到草丛中去;那些花儿更奇,无论山谷幽兰还是艳丽桃花,都有袭人馨香扑面而来。霎时,鱼在游,虫在鸣,梅花有暗香,凤凰舞翩翩。

紫记儿在桃花溪水年年岁岁流响不断中出落成个绝色美人。表哥陆子方不光英俊洒脱一表人才,雕刻技艺更是日趋精湛天下无双。吃完定亲酒的那个午后,陆子方从怀中掏出个檀香木盒递给了记儿,打开来看,粉色盒衬上躺着一支碧绿的梅花发簪。

陆子方在这所望不到边的园子里,用精挑细选出来的翠竹雕刻了一支柔韧适度光泽温润可与翡翠媲美与众不同的梅花簪。

那支簪上雕刻了无数朵梅花,姿态各异,疏密有致。光洁的簪尾空出一段,落下精精巧巧的篆字款。从簪中起,一朵两朵三朵……初看好似随意飘洒;看着看着,花朵渐密;至簪头处,梅花已是堆云叠雪般怒放了。簪头有花垂下,花蕊细如毫发,一朵套一朵如流苏般轻盈摇曳,像是要从梅树上不安分地一跃而下。

想不到小小一枚簪子,陆子方居然立雕镂雕浅浮雕,手法多样,精美绝伦,巧夺天工。记儿爱不释手,巧笑倩兮,暖暖的眼神让陆子方心醉。他轻轻揽过记儿,将簪子斜斜地插在了记儿浓密的青丝间,在她耳边柔声说:来年开春迎娶记儿过门。

让记儿始料不及的是还没等到开春,陆子方就被召进了宫中。万历皇帝喜欢竹雕,尤其痴迷花鸟竹雕摆件,派出大臣明察暗访,有人推荐了陆子方。

陆子方并没被客客气气地请进宫——他手艺再高,也是个下贱的民间工匠。他被一条绳索拖着,跌跌撞撞地进了宫。从此关山万里不可越,高墙深院,空留两地苦相思。

开春了,草长莺飞,柳枝软垂,山溪春水又满,溪水中有花瓣打着旋儿犹犹豫豫地前行。紫记儿悄立溪边,无奈落花流水断人肠,记儿泪飞如雨。

噩耗传来,有人自京城传信儿,说陆子方为万历帝的书房精心雕刻了一条龙,那龙形态不凡,腾空跃起,气象万千,却不知是有意还是无心,把自己的篆字款落在了龙口中。皇帝龙颜大怒,下令处死了陆子方。

万历皇帝并没就此罢休,他听说陆子方还有个绝色的未婚妻和一支天下无双的梅花簪,于是,下令宣紫记儿即刻进宫。

记儿被一群侍女拥着走出茅屋时,所有的人都被她撼人的美惊呆了,只见记儿艳装华服,环佩叮当;发髻高耸,碧绿的梅花簪赫然入目。记儿面向南岸含泪跪拜,那日,陆子方就是从这里被差人拖着,踏上了一条不归路。

突然,昼黑如夜,霹雳震天,狂风大作,雨急似箭,记儿不见了。惊慌失措的侍女指着竹林,颤声说,恍然间看见有条身影扑进了翠竹林。

所有的翠竹都被砍倒了,枝叶凌乱,横七竖八。少顷,乌云退尽,暴雨停歇,紫记儿依然不见踪影。劈开青竹,每棵空竹心内都有一幅或清晰或影绰的滴血的梅花簪图形,却只能瞧,不能摸,摸了,有紫红顺着青竹一滴一滴淌下,桃花溪自此潋滟如血……

不知过了多少时日,溪水中常有一白色大鸟单足伫立,日夜鸣叫。

那鸟头顶有冠,酷似梅花;背上有片紫红,顺着一侧鸟翼渐渐变淡。奇的是,鸟鸣声听起来像是一遍遍地召唤:陆郎——陆郎——

这只大鸟有个好听的名,叫紫记儿。